ベリーズ文庫

ホテル御曹司が
甘くてイジワルです

きたみ まゆ

STARTS
スターツ出版株式会社

目次

ホテル御曹司が甘くてイジワルです

ホテル御曹司が
甘くてイジワルです

プロローグ

その日、俺が小さなドームの中で星空を見上げたのは、ただの気まぐれだった。

新しい事業の視察のためにやって来た港町。目的の古い商館やその周辺を念入りにリサーチしているうちに、海からの冷たい風ですっかり体が冷え切ってしまった。

白い息を吐きながら商館の前にある大きな庭に立つと、隣に建つ古い石造りの倉庫の明かりが灯っているのに気がついた。

入口に吊り下げられたレトロな真鍮《しんちゅう》の看板には『坂《さか》の上天球館《うえてんきゅうかん》』と書かれている。

天球館……。プラネタリウムか。

倉庫の横にあるドームを見上げて納得する。

「副社長、入ってみましょうか」

秘書の遠山《とおやま》の言葉にうなずいて入口へと進む。

ぽつりぽつりと座席が埋まった投影室《とうえいしつ》の一番後ろの座席に腰を下ろすと、綺麗な黒髪をひとつにまとめた女性が入ってきて投影機の操作卓《そうさたく》、コンソールへと上がった。

すっと背筋を伸ばした姿勢。真っ直ぐに前を見つめる横顔。

凛《りん》とした印象の彼女がマイクの前で話しはじめる。

投影中の注意事項のアナウンスが流れるとともに、ゆっくりと照明が落とされてドーム内が暗闇に包まれると、頭上に満天の星が現れた。

「皆様に今見ていただいているのは、本日二十一時頃の星空になります。この季節、冬は一年の中でもっとも星空が綺麗に見えます」

こうやってゆっくりとプラネタリウムを眺めるのは、一体何年ぶりだろう。

そう思いながら座席に沈み込み、ぼんやりと空を見上げる。

「青白い星が集まっているのが、昴《すばる》と呼ばれる星団《せいだん》です。清少納言《せいしょうなごん》も『枕草子《まくらのそうし》』の中で『星はすばる』と残したほど、昔から私たち日本人にはなじみ深く、多くの人に愛されている星です」

その話を聞きながらちらりと左横にあるコンソールを見遣《みや》ると、マイクの前の彼女は星を指し示すためのポインターを持ちながら、生き生きとした表情で星座の解説をしていた。

よっぽど星が好きなんだろうな。

彼女の表情が、星々よりもずっときらめいて見えて、強く印象に残った。

穏やかな日常と気になるあの人

「本日は、坂の上天球館へお越しいただき、誠にありがとうございます」

すぅ、と息を吐き出してから話し出し、手元のスイッチを操作してドーム内の照明を落としていく。

足元灯《あしもととう》、誘導灯《ゆうどうとう》と順々に明かりを消し、向かって右側、西の空に太陽を浮かび上がらせる。

「皆様が見ている正面が南。そして、丸い太陽が見えている右手が西になります。初夏のこの時期の日没は遅く、午後七時近くなってようやく西の地平線に太陽が沈んでゆきます」

プロジェクターで映した街並みに、薄橙色《うすだいだいいろ》の太陽がゆっくりと没していく。

「短い夏の夜ですが、星座はとても賑やかです。夜空に淡くインクをこぼしたような白い帯が天《あま》の川《がわ》。天の川は一年中見ることができますが、夏から秋にかけていっそう濃く、美しく輝きます」

ドーム型の天井に、投影機で夏の星座を映し出す。

私は解説をしながら客席を見渡した。

南に向かって扇形《おうぎがた》に配置された座席。

ドームの後方にあるコンソールから見ると、どの席の背もたれが倒れているか、ひと目でわかる。

曲線を描く座席の中で、ぽつんぽつんと虫食いのように欠けて見えるのが、お客様が座っている場所だ。

平日の昼間とはいえ、この客数は少し寂しい。

空席の多いドーム内を見渡した私は、星座解説を続けながら心の中で小さくため息をついた。


東京から新幹線で三時間弱の距離にある地方都市。中心地から少し外れた高台からは、街と港が見下ろせる。

その港が開港され国際貿易の要《かなめ》となったのは、今から約百五十年前。当時、この土地にはたくさんの外国人が訪れたそうだ。

一時期は外国の商人たちが居住するために建てられた洋館や商館が並び、まるでヨーロッパの街並みのようだったという。

石畳《いしだたみ》の坂道やガス灯、大きくて緑豊かな公園などにその頃の面影は残っているけれど、今では洋館の大半が取り壊されてしまい、残る建物はわずかしかない。

そんな貴重な建物のひとつ、明治時代に建てられた石造りの倉庫を利用しているのが、私、夏目真央《なつめまお》の勤める坂の上天球館だ。

倉庫を改装した事務所部分と、それに隣接して作られた白壁に薄緑色《うすみどりいろ》の丸い屋根のプラネタリウム室。

古い港町に溶け込むその建物の入口には、真鍮の看板が取りつけられている。

プラネタリウム室のドーム径《けい》は十メートルで客席は八十席。

三十年前の開館当時に設置された国内メーカーの投影機は今なお現役で、六等星《とうせい》までの恒星《こうせい》を映し出す。

公営のものでも、最新機器を導入したアミューズメント施設でもない、個人が細々と経営する小さな小さなプラネタリウムは、もともとは地元企業の社長の趣味で作られたものだった。

今から十五年前、彼の亡き後に取り壊されることになったとき、それまで施設の職員として働いていた現オーナーの長谷《はせ》館長が、社長のご家族にどうしてもと頼み込んで買い取ったのだ。

そんなちょっとした歴史のあるプラネタリウムだけど、小さな施設だから、職員はふたりしかいない。

いつも穏やかで優しい館長と、今年で二十八歳になる私。

休館日の火曜以外は毎日プラネタリウムを上映し、星座解説をする。

ぽつぽつとやって来るお客様に、ドームの天井に映し出される満天の星を見せ、夢のようなひとときを楽しんでもらうのが仕事だ。

単調だけど、幼い頃からずっと星が好きだった私にとってはまさに天職で、満ち足りた日々を送っていた。


「東の空が薄っすらと赤らんで、新しい朝がやって来ました。日の出を眺めながら投影を終えたいと思います。本日はありがとうございました」

そうアナウンスすると、客席のあちこちから夢から覚めたような小さなため息が漏れた。

まどろむように流れる空気を壊さないように、ドーム内の照明をゆっくりと明るくし、出口を示す誘導灯を点灯する。

プロジェクターやコンソールの電源をオフにしてから移動し、プラネタリウム室の出口にある分厚い遮光《しゃこう》カーテンを開ける。

扉が開くと、お客様がそれぞれに伸びをしたり身支度をしたりして席を離れはじめた。

観光らしき家族連れ、仲の良さそうな恋人たち、大学生くらいの女の子。

そんなお客様の中にある人の姿を見つけて、かすかに鼓動《こどう》が速くなった。

ときどきこのプラネタリウムを訪れてくれる、上質そうなスリーピースのスーツを着た背の高い三十代くらいの男の人。

ドーム内の一番後ろの席にいた彼は、ちょうど座席から立ち上がったところだった。

……今日も来てくれたんだ。

思わず嬉しくなってしまう。

こんな小さなプラネタリウムに何度も足を運んでくれるなんて、よほど星が好きなんだろうな。

星好き、というだけで親近感を持ってしまうなんて我ながら単純だけど、男性がひとりで投影を見に来てくれることは珍しいから、すっかり顔を覚えてしまった。

『今日の投影はいかがでしたか?』なんて声をかけてみたいけれど、なかなか勇気が出せずにいるのは、彼が隙のない容姿をしているから。

涼しげな黒い瞳や、通った鼻筋。きゅっと引き結んだ綺麗な唇から男らしい顎《あご》のラインまで、すべて完璧といっていいほどに整っていた。

そして彼の纏《まと》う人を圧倒するような雰囲気に、いつも気後れしてしまうのだ。

ドームの出口で鉄の扉を背中で押さえながら、お客様一人ひとりに「ありがとうございました」と頭を下げる。

ふと、こちらに視線を向けられているのを感じた。

首を向けると、そのスーツ姿の男性が真っ直ぐに私のことを見つめていた。

意志の強そうな黒い瞳に見下ろされ、落ち着かなくなってしまう。

なにか言いたいことでもあるのかな？　星座解説でなにか納得のいかないことでもあったんだろうか。

プラネタリウムの解説者はいつだって黒子《くろこ》だ。

お客様は星空を目当てに来ているから、背後のコンソールに立つ人間なんて気にも留めない。

上映が終わった後にこうやって一人ひとりに頭を下げても、星空の余韻《よいん》に浸るお客様が私の存在を意識することはほとんどない。

素通りされることになれている私は、じっと見据えられるとなんだか居心地が悪くて、思わず一歩後ろに下がろうとする。

すると、背中で押さえていた扉のドアノブにカーディガンが引っかかり、思い切りバランスを崩してしまった。

足がもつれ、とっさにかがんだ私に向かって、重い鉄の扉が迫ってくる。

衝撃を覚悟してぎゅっと目をつぶったけれど、触れたのは温かな体だった。

「え……？」

恐る恐る目を開くと、たくましい腕の中。

スーツ姿の男性が、かばうように私を胸の中に抱き、片手で重い扉を支えてくれていた。

「大丈夫か？」

低い声で確認するように問われ、首筋の辺りが甘く粟立《あわだ》つ。

「だ、大丈夫です！　すみませんっ‼」

私が焦りながら謝ると、頭上で吐息《といき》を漏らすような小さな笑い声が聞こえた。そして私を抱き締めていた腕を緩める。

「あ、あのお怪我《けが》はありませんでしたか？」

動揺で逸《はや》る心臓を抑えながら尋ねると、彼は冷静な表情で首を横に振った。

そして何事もなかったように出口へと歩いていく。

「ありがとうございました」

慌ててお礼を言うと、一瞬こちらに視線を向け小さくうなずいた。

その彼のスマートな身のこなしに、出口の扉に背を預けたままぼんやりと見惚《みと》れていると、事務所スペースにいた館長が近づいてきた。

「夏目さん。あのお客さん、また来てたね」

シルバーの丸眼鏡《まるめがね》に白髪交じりの髪の毛。六十歳手前の穏やかなおじさまという雰囲気の館長は、出ていくその人を眺めながら私に耳打ちするように言った。

「そうですね。最近ちょこちょこ来てくれてますよね」

深呼吸をしつつ平静を装う。

今日みたいに平日の日中にひとりでふらりとやって来る彼。

いつもスーツ姿だから、お仕事をしているのは間違いないだろうけど、一体何者なんだろう。

私がそんなことを考えていると、館長は腕を組み、真相を明かす探偵みたいな顔をする。

「あの人、夏目さん目当てで通っているのかもしれないねぇ」

「私目当てですか？　私の解説を気に入って何度も足を運んでもらえているなら嬉しいですけど……」

私が首を傾げると、「そうじゃなくて」と苦笑いされてしまった。

「夏目さんのことが、好きなのかもよ？」

館長の言葉に、思わず頬が火照《ほて》ってしまう。

「あ、ありえないです。からかわないでください」

あんな、地球上のどこへ行ったって女の人が放っておかなそうなかっこいい男の人が、わざわざ私なんかを好きになるはずがない。

たった今、抱き締められたことを思い出す。肩の辺りにまだ、大きな手のひらの感触が残っている。

スーツ越しでもわかる鍛えられた体に、端正な顔立ち。その上、身に着けているものはとても高級そうだし、たぶんお金持ちなんだろう。

それに対して私はというと、仕事中は白いブラウスに黒のカーディガン、膝下までのフレアスカート。鎖骨《さこつ》辺りまでの長さの髪を後ろでひとつにまとめた姿は、個性がなく、なんの印象にも残らない格好だ。

顔だって派手なわけでも地味なわけでもないごくごく普通の私を、異性として意識する人がいるとは思えない。

「男と女はなにがあるかわからないのに、すぐそうやって可能性を否定しちゃうなんて、夏目さんは本当に恋愛に臆病《おくびょう》だねぇ」

あきれたような優しいため息をつかれ、私は少し不貞腐《ふてくさ》れながら館長を睨《にら》む。

「臆病じゃなくて、向いてないだけです」

「たしかに人には向き不向きはあるけど、だからって苦手なことを避け続けて一生ひとりっていうのも寂しいと思うよ」

片方だけ眉を上げた館長が、横目で私を見ながら笑う。

「そういう館長だって、独身じゃないですか」

優しくてユーモアがあって、三十歳も年下の私から見たって魅力的な館長は、人生で一度も結婚の経験がないらしい。

望みさえすれば、一緒に人生を歩みたいという女性はたくさんいそうなのに。

「僕はいいんだよ。星空が恋人だから」

私の反撃に館長はいつものようにマイペースに笑う。

「じゃあ、私も星空が恋人でいいです」

その言葉に便乗すると、館長は出来の悪い我が子を見るように目を細めて肩を上げた。

「私はドーム内をチェックするので、館長は事務所でお仕事をしていていいですよ」

照れくささを誤魔化《ごまか》すように館長の背中を押し、雑談ですっかり緩んだ気分を切り変える。

粘着クリーナーを取り出しカーペットを軽く掃除しながら、座席に忘れ物がないかチェックしはじめると、館長も事務所へと戻っていった。

ドーム内にひとりになったことを確認して、小さく息を吐く。

私だって、恋をしたことがないわけじゃない。

大学生のときに一度、同級生の男の子と付き合ったことがある。

私と同じく星が好きで、物静かで優しくて、なによりも私を大切にしてくれる男の子だった。

一緒にいることが心地良かったし、隣にいると安心できた。

だけど……。

『ごめん、真央ちゃん。俺、真央ちゃんのことが好きなのに……』

自分はなにも悪くないのに、そう謝ってくれた優しい彼。

悪いのはぜんぶ私なのに、彼にそんな申し訳なさそうな顔をさせてしまったのが悲しかった。

そして彼と別れてから、自分は恋愛に向いてないんだと諦めた。

私はきっとこれからも恋人を作ることなく、ひとりで生きていくんだと思う。

最後の投映を終えて、事務仕事をして二十時過ぎに事務所を出ると、石畳の坂道に沿って立つガス灯が、いつものように淡く光っていた。

静かな坂道を下り、ひとり暮らしのアパートへと帰る。

簡単に食事をとり、お風呂に入り、窓からぼんやりと星を眺め、眠たくなったらベッドに潜り込む。

そして朝になればまた職場に行き、ドームの天井に浮かぶ星空を見上げながら星座解説をする。

明日も明後日も変わらない、平穏な暮らし。

恋人がいなくても、寂しいなんて思ったことはなかった。


「お客さん、なかなか来ないねぇ」

館長が事務所のカウンターに頬杖《ほおづえ》をつきながらそうぼやいた。

「平日ですからね」

外国人居留地《がいこくじんきょりゅうち》だった名残があるこの辺りだけど、駅から少し離れているせいか知る人ぞ知る穴場的なスポットで、残念ながらとても活気があるとはいえない。

そんな場所にひっそりと建つプラネタリウム。

観光客もあまり来なければ、地元の人でも何度も足を運んでくれる常連さんはごくわずかだ。

館長の優しい語り口の星座解説はとても人気があって、地元だけでなく全国からお客様が来てくれていたそうだけど、最新の投影機を備えた大型施設や、プラネタリウム以外の娯楽施設がどんどん増え、わざわざ坂の上天球館に遠くから足を運んでくれる人は減る一方。

「夏休みや冬休み、それから流星群《りゅうせいぐん》が話題になるような時期になると、星に興味を持つ人が増えて、少しは賑やかになるんですけどね」

なんて話しながら、待合スペースに掲示する資料の準備をしていると、「そういえば……」と館長が思い出したように顔を上げた。

「どうしました？」

首を傾げる私に、館長は窓の外を指差してみせる。

「隣の商館、来週から工事が入るって」

そう言われ、窓から三百坪もある広い敷地の中に建つ木造二階建ての洋館を見る。

明治時代にイギリスの貿易商によって建てられた豪華で美しい建造物。

海を望む大きな庭に面して、一階には広々としたテラスが、二階にはバルコニーがあり、それを中心として左右対称に繊細な細工が施されたいくつもの窓が並んでいる。

十数年前までは、このプラネタリウムの元の持ち主でもあった地元企業が事務所として使っていたけれど、大きく豪華すぎる建物は使い勝手が悪いということで、移転してからはずっと空き家になっていた。

「取り壊しちゃうんですか？」

たしかに管理や維持が大変だろうけど、せっかく素敵な建物なのにもったいないと、顔を曇らせると、館長が首を横に振った。

「改装して、レストランかなにかになるらしいよ」

「へぇ、レストランですか！」

交通の便は悪いけど、この辺りの景色はすばらしい。

あの商館の二階のバルコニーからは、うちから見るよりももっと綺麗な海や街並みが楽しめるんだろうな。

「素敵ですね」

できたらぜひ一度行ってみたい、なんてわくわくしている私の横で、館長がのんびりと口を開く。

「レストランに来たお客さんが、ついでにこっちに寄ってくれるといいなぁ」

ほのぼのとした口調で、他力本願《たりきほんがん》なことを言う館長に苦笑しながらも同意してしまう。

「本当ですね」

今みたいにのんびりとしたプラネタリウムの雰囲気も好きだけど、どうせだったらもっとたくさんの人に訪れてもらいたい。

隣にできるレストランが繁盛《はんじょう》するといいですね、と笑い合ってから作業をひと段落させ席を立つ。

「私、入口の掃除をしてきます」

今日は少し風があるから、商館の前の大きな庭から葉や花びらが飛んできて、入口の石畳に溜まっているかもしれない。

もしお客様が足を滑らせたりしたら大変だ。

「夏目さん、よろしくね」

館長の言葉に「はい」と返事をしてから、私はほうきとちりとりを持って外に出た。

石造りの倉庫を改築した事務所は、入口は自動ドアに取り換えてあるけれど、その他はほぼ作られた当時のままの状態だ。

赤く錆《さ》びた鉄製の鎧戸《よろいど》がついた窓に、百年雨風にさらされところどころ苔《こけ》むした鈍《にび》色《いろ》の壁。

歴史を感じさせる事務所の佇まいと、その奥に建つ白壁のプラネタリウムドームの対比がとても美しくて大好きだった。

自分の職場に少しの間見惚れてから、気持ちを切り替えてほうきを持つと、ちょうど下校途中の小学生と目が合う。

近くに住んでいる小学四年生の男の子、大輝《たいき》くんだ。

ときどき家族でプラネタリウムを見に来てくれるし、こうやって学校帰りに顔を合わせることがよくあるから自然と顔なじみになった。

「こんにちはー！」

大輝くんは背負ったランドセルをガチャガチャさせながら、こちらに駆けて来て私を見上げる。

「大輝くん、こんにちは」

「ねぇお姉さん！　俺、この前UFO見たよ！」

「ＵＦＯ？」

私が首を傾げると、大輝くんは目を輝かせて口を開く。

「サッカークラブの帰りにね、あっちの方に明るく光る丸いのがあったんだ。あれ絶対ＵＦＯだよ！」

彼が指差す方向を見れば、西の方角。

好奇心で顔を輝かせる大輝くんがかわいくて、私は思わず微笑んでしまう。

「そっかぁ。でもそれ、もしかしたらＵＦＯじゃなくて、金星《きんせい》かもしれない」

「金星？」

「そう。宵《よい》の明星《みょうじょう》って聞いたことないかな。この時期、太陽が沈む頃に西の空に光る一番星《いちばんぼし》なんだよ」

「えー。でも家に帰って星座盤《せいざばん》見たけど、載ってなかったよ」

不服そうな彼に、私は膝《ひざ》を軽く折って視線を合わせた。

「そう、金星とか木星《もくせい》とかの惑星は、星座盤には載ってないんだ」

よく気づいたね、と笑いかけると、膨らんだ頬が赤らみ、尖っていた口元が照れくさそうに緩む。

「いつも決まった場所に昇る星座たちとは違って、気まぐれに場所を変えて現れるから、昔の人が『惑《まど》わせる星』っていう意味で、惑星って名前をつけたんだって。何千年も前の人たちも、明るく光る金星を見て『なんだあの光は?』って不思議に思っていたのかもしれないね」

「へぇー‼ おもしろーい!」

目を真ん丸にした大輝くんに、「興味があるなら、プラネタリウムで詳しく教えてあげるよー」と誘ってみる。

「うーん、でも俺、今日はサッカーがあるから」

あっさり振られてちょっとしょんぼりすると、小さな手によしよしと頭をなでられてしまった。

「でも今度、お母さんとか友達とか誘って来てあげるよ」

「本当? ありがとう」

「うん。約束!」

そう言って大輝くんが小指をぴんと立てる。

無邪気《むじゃき》さがかわいいなぁ、なんてほっこりしながら指切りをして「じゃあね」と手を振る。

「お姉さん、バイバーイ!」

「サッカー頑張ってねー！」

見えなくなるまで手を振り続ける彼を見送ってから、掃除を再開する。

石畳の隙間に入り込んだ落ち葉一つひとつを取り除くように丁寧《ていねい》にほうきで掃《は》いていると、こつりと固い靴音が聞こえた。

顔を上げると、広い歩幅で歩いてくる背の高い人影。

「あ……」

よくプラネタリウムを見に来てくれる、あの男の人だ。

いつもはひとりなのに、今日は彼の後ろに女性がいた。

シンプルなスーツに、胸の下辺りまである栗色の波打つ髪が美しい女の人。

すごく綺麗……。もしかして、恋人なのかな。

思わず息を呑んでしまうほどオーラのある美貌の彼と、華やかな雰囲気の彼女。まさしく美男美女でお似合いだ。

目が離せないでいると、彼女がこちらへと視線を向けた。

頭のてっぺんからつま先まで、私のことを値踏みするように見下ろすと、赤い唇の端をかすかに持ち上げ小さく笑う。

華やかな彼女とは違い、地味でなんの特徴もない自分をばかにされたような気がして、カッと体が熱くなった。

そんな気持ちを押し殺し、道を空けるように少しずれ、ほうきを持ったままふたりに向かって頭を下げる。

すると彼はちらりと私を見てうなずくような軽い会釈《えしゃく》をしてから彼女とともに事務所の中へと入っていった。

その姿を見て、じわりと胸が焦げつくようにわずかに痛む。

……なんだ、ちゃんと恋人がいるんだ。

自動ドアの向こうへ消えていったふたりを見て、反射的にそんなことを思ってしまってから、我に返って思い切り首を左右に振る。

いやいや、別に残念だなんて思ってないし、がっかりもしてない。

館長がからかうから、ちょっと身構えてしまっただけで、期待なんて少しもしてないし。

誰かになにか言われたわけでもないのに、心の中で言い訳を並べる。

ふん、と鼻から息を吐き出してから、胸いっぱいに空気を吸いこんだ。

よし、掃除頑張ろう。

そうつぶやきながら、ほうきを持つ手に力を込めた。

掃除を終え事務所に戻ると、待合スペースに人影がないことに首を捻《ひね》った。プラネタリウム室も上映中ではなさそうだし、さっきのお客様はどこにいるんだろう。

不思議に思いながら事務所を覗くと、奥の応接スペースに座る館長と男の人の姿が見えた。

普段、お客様を事務所に通すことなんてないのに、あんなところで、なにをしているんだろう？

自動ドアの開く音で気づいたのか、館長が顔を上げこちらを見た。

わずかに強張った表情。つねにのんびりしている館長のそんな顔を見るのははじめてだ。

「夏目さん。悪いけど、いったん閉館の札を出しておいてくれるかい」

驚いている私に、館長がそう声をかける。

言われた通り閉館中の札を出し、自動ドアのスイッチを切りながら、一体なにがあったんだろうと考えて鼓動が速くなっていく。

……なんだか、いやな予感がする。

胸騒ぎを押し殺しながらふたたび事務所に戻り、応接セットで向かい合う館長と男の人を見る。

ふたりの間にあるテーブルには、なにかの資料が置いてあるだけ。

「今、お茶をお出ししますね」

ふたりに声をかけ給湯室に向かおうとすると、「いや、いい」と短い返事が返ってきた。

館長の柔らかな声ではなく、よく通る低い声。

大きな声を出しているわけじゃないのに、体の奥に響くような艶《つや》のある声だった。

私が彼の方を見ると、彼は視線だけで館長の隣のソファに座るように促した。

どうしていいのかわからなくて館長の様子を窺《うかが》うと、「夏目さんも一緒に話を聞いて」と力なく微笑む。

戸惑いながら腰を下ろした私の前に、一枚の名刺が差し出された。

「プレアデスグループ、副社長の清瀬《きよせ》昴《すばる》です」

シンプルで上品な名刺を受け取り、印刷された文字を目で追う。

「プレアデスグループ……」

高級ホテルを経営しているグループだ。

まだ新しい会社だけれど、国内の主要都市に最高級のサービスを提供するホテルを次々に展開し、今や日本の高級ホテルといえばプレアデスと言われるほどの大企業。

そんな会社の、副社長……。

たしかに、立ち居振る舞いから身に着けているものまで見るからに一流で、一般の会社員ではないと思っていたけれど。

そんな大企業の副社長が、こんな小さなプラネタリウムに一体なんの用だろう。

名刺から視線を上げ、目の前に座る彼を見ると、彼は息を吐いてわずかに身を乗り出した。

「単刀直入に申し上げると……」

膝《ひざ》の上に肘《ひじ》を置き、胸の前で指を組む。

前髪がさらりとまぶたにかかり、その間から黒い瞳が真っ直ぐに私を見据えた。

「我々プレアデスグループで、この施設を買収したいと考えています」

低い声で告げられた言葉が理解できなくて、一瞬頭が真っ白になる。

「……え？」

ぱちぱちと目を瞬《またた》かせる私の前に、彼の後ろに控えていたあの美しい女性が資料を差し出した。

その無駄のない動きに、彼女が彼の秘書だということに気づく。

「隣の商館をオーベルジュとして改築するそうだよ」

渡された資料を持ったまま、ぽかんとしている私に館長がそう説明してくれた。

「オーベルジュ……」

事態が把握できない私は、言われた言葉をただ繰り返す。

オーベルジュは宿泊施設を備えたレストランのことだ。「泊まれるレストラン」なんて聞いたことがある。

たしかに、あの素敵な洋館で時間を気にせず料理やお酒を楽しみ、そのまま美しい景色を眺めながら眠って朝を迎えることができるなんて、ものすごく贅沢だろう。

それはすばらしい。でも、だからってなんでうちの施設を買収なんて……。

「ここを、オーベルジュ専用の結婚式場にしたいと思っています」

私の疑問に答えるように、彼……、清瀬さんが冷静な声で言った。

「古い街並みと海を臨むロケーションはもちろん、歴史を感じさせる石造りのこの建物も魅力的だ。駅から離れていて交通の便が悪いのも、大人の上質な隠れ家というオーベルジュのコンセプトにぴったり適《かな》う。プラネタリウムの外観はそのままで、座席や投影機を撤去して式場として改装すれば、外国からやって来るゲストにも満足してもらえる唯一の式場に……」

「お断りします！」

流れるように説明する清瀬さんの言葉を、遠慮なく遮《さえぎ》って睨んだ。

目の前にある黒い瞳が、ゆっくりとまばたきをしてこちらを見る。

「式場が必要なら、新しく建ててください。プラネタリウムの投影機を簡単に撤去するなんて言う人に、この大切な坂の上天球館を買収されるなんて、絶対いやです」

何度も投影を見に来てくれていたから、きっと彼も星が好きなんだと思っていたのに……。この人ははなからプラネタリウムに興味なんてなくて、ただこの建物を値踏みしていただけなんだ。

ドーム内で彼の姿を見つけては、心の中で浮かれていた自分がばかみたいだ。

なんだか裏切られたような気分になる。

威嚇《いかく》するように眉を寄せた私を見て、清瀬さんがうつむいて小さく笑った。

「……絶対いや、ね」

私の言葉を繰り返しながらこちらに視線を投げる。その流し目の色っぽさに思わずどきっとしてしまった自分が悔しい。

「館長だって、絶対反対ですよね？」

同意を求めるように隣に座る館長を見る。

力強くうなずいてくれると思ったのに、返ってきたのは苦い表情だった。

「……館長？」

なかなか口を開かない館長に戸惑いながら顔を覗き込むと、さりげなく視線を逸らされた。

「こちらの施設について、少し調べさせていただきました。このままの経営状態だと、一年持てばいいところでしょうね」

「えっ？」

清瀬さんの冷静な言葉に、目を見開いて顔を上げる。

「このままでは間違いなく、経営が立ち行かなくなり、近いうちに閉館することになる。この立地でこの特殊な物件では、売りに出したところで買い手はまず現れないでしょう。多額の借金だけが残るのは確実だ」

彼の言葉を聞きながら、視線を館長の方へ向ける。

館長は無言で資料を見下ろしているだけだった。

けれどその深刻な表情から、清瀬さんの言っていることがうそではないのだと思い知らされる。

言葉を無くした私を見て、清瀬さんがゆったりと微笑んだ。

「借金を抱えてまで守る価値が、この古いプラネタリウムにあるとは思えませんが？」

口調は丁寧だけど、冷たく突き放すような言葉を聞いて、頭にカッと血が上った。

「古いけど、ここは大切な場所です！　あなたなんかに勝手にこの坂の上天球館の価値を決められたくないです」

「……たしかに。ここの価値を決めるのは、私でもあなたでもなくお客様です。右肩下がりの来館者数を見るだけで、もう結果は出ていると思いますが」

声を荒らげた私に対して、清瀬さんは静かに言った。

その余裕に溢《あふ》れた笑顔は、こんな状況でも思わず見入ってしまいそうなくらい魅力的で、私は唇を噛んだ。

彼らが帰ってから渡された資料を見る。

プレアデスグループは、坂の上天球館が抱えている赤字を相殺《そうさい》しても、まだ十分余裕がある金額でこの施設を買い取るという。

この辺りの地価を考えても、建物の資産価値を考えても、破格の条件だと思う。

だけど……。

そう思いながら資料のページをめくる。

清瀬さんが調べたという、坂の上天球館の経営状態が記されたグラフに顔をしかめた。施設の買収の話が出たことよりも、ここの経営がこんなに苦しかったことがショックだった。

一般のお客さんは少ないけれど、地元の幼稚園や保育園の子どもたちが定期的に見に来てくれていたし、小学校の社会科見学でも使われている。

なんとかやっていけているんだと思ってた。

潰れるなんて、考えたことすらなかった。

のんきに、この先もずっとこの場所で働けるんだと思い込んでいた自分が情けない。

奥歯を噛み締めたとき、ことりと音がしてデスクの上に私の愛用のマグカップが置かれた。

「館長……」

いつの間にか私の横に立っていた館長を見上げると、優しい笑みが返ってくる。

「夏目さん、ごめんね」

その謝罪に小さく首を横に振る。

「この施設を売ることを、迷っているんですよね？」

恨みがましく聞こえないように、わざと明るい声で問いかけた。

「経営がこんなに苦しいなんて知りませんでした。今までなにも気づかないで力になろした。


れなくて、本当にすみません」

職場がなくなることは悲しいけど、判断するのはオーナーである館長だ。そう自分に言い聞かせ頭を下げると、館長は私の隣に椅子を引っ張ってきて腰を下ろした。

「経営がうまくいかなかったのは、僕の責任です。謝らなきゃいけないのはむしろこっちの方だ。それに前のオーナーのご遺族からここを買い取るなんて無茶なことをした時点で、借金を抱える覚悟はできていたしね」

そう言って、館長が私のデスクの上に置かれたマグカップに視線を落とす。

私はうなずいて、薄っすらと湯気を立てるカップに手を伸ばし、ひと口飲んだ。

館長がいつも淹れてくれる、はちみつの入った甘いカフェオレ。

「幸い僕は独り身で、借金を作ったって苦労するのは自分ひとりだから誰にも迷惑はかからない。ただ、君のことだけが気がかりだったんだけど……」

「私、ですか？」

私が首を傾げると館長は微笑んでいた。

「夏目さんは、プラネタリウムの仕事が好きだよね」

予想外に柔らかな声でそう聞かれ、私は戸惑いながら「はい」と答える。

「僕も、夏目さんの星座解説が好きだよ。いつだって君から星の話を聞くと、童心《どうしん》に返ったみたいにわくわくする」

「それは……館長が育ててくださったおかげです」

大学生のときにたまたま訪れた坂の上天球館。

優しくわかりやすい言葉で、ユーモアを交えて星空を語る館長の解説に感激して、ここで働かせてくださいと頭を下げた。

大学で天文学を専攻してはいたけれど、学芸員の資格を持っているわけでも、人前で上手に話せるわけでもない、ただただ星が好きなだけ。

そんな未熟だった私に、プラネタリウムの操作や解説をいちから教えてくれたのは館長だ。

働きはじめた頃、なかなかうまくいかなくて失敗するたび落ち込んで悩んでいた私を何度も励ましてくれた。

ずっと私の憧れの人だった館長に私の解説が好きだと言ってもらえて、感激で泣きそうになってしまう。

「清瀬さんが、ここを買収した後、夏目さんがこれからも星座解説の仕事を続けられるように、他のプラネタリウム施設を紹介してくれるって」

その館長の言葉に驚いて目を見開いた。

プラネタリウムの解説員の仕事は、狭き門だ。

プラネタリウムの数は日本全国合わせても四百に満たず、プラネタリウムの解説員も千人程度。その九割以上が公営の施設で、職員のほとんどが公務員だ。毎年募集がかかるような職種ではない。

私が今こうやって解説員として、坂の上天球館で働けているのはとても幸運なことで、この施設がなくなれば、プラネタリウムの仕事をするのはほぼ無理だろう。

「館長……。もしかして、私が解説員を続けるために……?」

聞き返した自分の声が、かすかに震えていた。その動揺まで包み込むように、館長はにこりと微笑む。

私のために大切なプラネタリウムを売ろうと迷うなんて、どうかしてる。

思わず手で顔を覆うと、館長はぽんぽんと背中を叩いてくれた。

「夏目さんは僕の一番弟子なんだから、これからも活躍してもらわないとね」

冗談めかした明るい声で言う。その優しさに胸が熱くなった。

「館長。私、星座解説の仕事が好きです」

私が顔を上げると、「うん」と優しくうなずいてくれる。

「でも、それ以上に、この坂の上天球館が大好きです」

強い口調でそう言いきった私を見て、館長は目を丸くする。

「だから、ここがなくなるなんて寂しいです」

わがままな私に館長は見開いた目を細め、あきれたように優しく笑った。

「……夏目さんがそう言ってくれるなら、もう少し頑張りましょうか」

利用者も少なく、経営の傾いた、古く小さなプラネタリウム。

清瀬さんの言う通り、赤字を抱えて潰れるのは時間の問題かもしれない。

だけど、このままなにもせず諦めるなんていやだ。

大好きなこの場所を守るために、自分にできることをしたい。そう思った。

スイートルームと豪華な食事

清瀬昴。三十三歳。

プレアデスグループの創業者で社長の清瀬要《かなめ》氏のひとり息子。

昨年、海外初進出となる『プレアデス・香港《ホンコン》』のオープンを大成功させ帰国した後、グループの後継者として副社長に就任した。

彼の有能さはもちろん、端正な外見や身に纏う優雅な雰囲気も大いに注目され、ホテル業界きってのプリンスと言われている――。

名刺を見ながら彼の名前を検索してみれば、そんな情報が山のように出てきた。

完璧な人、というか、もう雲の上のような存在だ。

肩書も財力も実力も文句のつけようがない上に、あの外見なんて。まさに王子様だ。

私たちはそんな人から、坂の上天球館を守らなきゃいけないんだ――。

そんなことを考えながら事務所の前の掃除をしていると、大輝くんの姿が目に入った。

いつもは細い坂道を元気よく駆け上がってくるのに、今日は下を向いてとぼとぼと歩いている。

どうしたんだろうと、少し心配に思いながら声をかける。

「大輝くん、おかえり」

私の言葉に足を止めた大輝くんから「ただいま」と力ない挨拶が返ってきた。

「どうしたの？　お腹《なか》空いてる？」

膝《ひざ》を折り、うつむいた大輝くんの顔を覗き込みながら問いかけると、小さな頬が膨らんだ。

「違うよ」

ふてくされた顔。でも言い返す元気があることに、ほっとする。

「そっか。アメがあるから、お腹が空いてるならあげようと思ったんだけどなー」

「……何味？」

冗談っぽく言うと、少し機嫌を直した大輝くんがそう聞いてきた。

「ミルク味とコーラ味」

カーディガンのポケットからアメ玉を取り出してみせると、迷わず「コーラ味」と言って私の手のひらから一個取る。

「じゃあ私はミルク味にしよう。お姉さん今仕事中だから、アメを食べたこと館長には内緒にしてね」

「わかった」

真剣な表情で約束してくれた大輝くんに、口元がほころぶ。

事務所の前には綺麗な庭がある。これも前オーナーの社長の趣味だという、英国の農園風のナチュラルなお庭。

そこに置かれた鉄製のベンチに大輝くんとふたりで腰かけ、遠くの水平線をぼんやりと眺めながら、口の中で甘いアメを転がす。

しばらくそうしていると、隣にいる大輝くんが音を立ててアメをかじってから口を開いた。

「……サッカークラブのレギュラーに、友達が選ばれて俺は選ばれなかった」

ぽつりと言われ、私は前を向いたまま「そうなんだ」と相づちを打つ。

「そいつはもともと背が高くて足も速くて、俺の方がいっぱい練習してるのに、ぜんぜん敵《かな》わなくて……」

一気に思いを吐き出すと、大輝くんは顔をしかめた。

「あいつばっかり特別でずるいよ」

小さな声で言って、また黙ってしまう。

生まれ持った体格や才能。ずっと一緒に練習している仲間だからこそ、敵わない自分をもどかしく思ってしまうんだろう。

そうやって、嫉妬《しっと》してうらやんでしまう気持ちはわかる。

そう思う自分に、罪悪感を抱いてしまう気持ちも。

「ねぇ大輝くん。人は誰でも月に行けると思う?」

私の問いかけに、大輝くんはまばたきをしてから眉を寄せた。

「行けないよ、あんなところ。行けるのは特別なヤツだけでしょ」

大輝くんの素直な答えに、微笑みながらうなずいた。

「うん。人類で月の上を歩けたのはたったの十二人だけ。でも、その特別な十二人も最初から特別だったわけじゃないよね」

「そうなの?」

「ものすごい努力をして、たくさんの試練を乗り越えたから、特別になれたんだと思うよ」

私が青空の中にぽつんと浮かぶ白い月を見上げて言うと、大輝くんもつられるように視線を上げた。

この地上から三十八万キロのかなたより、地球を見下ろし続ける唯一の衛星《えいせい》。

あの場所に人類が降り立ったことがあると思うだけで、冒険物語を読んでいるみたいにわくわくした気分になる。

今から半世紀も前に、それまでだれひとり到達したことのなかった地球以外の天体に、降り立ち帰還するという偉業を達成した宇宙飛行士たちは、怖くなかったはずがない。

「私たちは勇敢《ゆうかん》に生まれついたわけではない。勇敢に振る舞うことを学ばなくてはならない」

私が大好きな言葉を言うと、大輝くんは不思議そうにこちらを見た。

「なにそれ？」

「四番目に月を歩いた人の言葉。後輩の宇宙飛行士たちにそう言ったんだって。月を歩けるようなすごい人も、生まれながらに特別だったわけじゃなくて、努力して恐怖や不安に打ち勝って特別になったのかなって思ったら、なんだか勇気が湧いてこない？」

私の言葉を、大輝くんは月を見上げながら聞いていた。

「んー」と少し悩んでから「よくわかんない」と笑った。

ちょっと難しかったかな、と苦笑いしていると大輝くんがこちらを見る。

「でも、お姉さんが勇敢な男が好きだっていうのはわかった」

私が首を傾げると、大輝くんはひとり納得したように大きく息を吐き出す。

「とりあえず、勇敢な男は友達をずるいって怒る前に、自分で努力するヤツだと思うから、俺も頑張る」

私の言葉が届いたかどうかは微妙だけど、どうやらやる気になってくれたみたいだ。

すっかりいつもの明るい表情になった大輝くんに、ほっとして笑顔を返す。

「うん。応援してるから、頑張ってね」

「ありがとうお姉さん！」

力強くうなずいて駆けていく大輝くん。

その後ろ姿を見送ってから事務所の方を振り返ると、そこに人がいて驚いて飛び上がった。

「わ……っ」

ローヒールのかかとが石畳の段差にひっかかりバランスを崩す。思わず体を強張らせると、長い腕が私の腰に回り引き寄せた。

目の前には、ネクタイを締めた男らしい首元。スーツを着ていてもわかるたくましい胸板に、ふわりと漂う甘い香り。

おずおずと視線を上げると、清瀬さんが転びそうになった私をあきれた表情で見下ろしていた。

「君は、すぐに転ぶな」

至近距離で見つめられ、動転して真っ赤になる。

腰に回った腕や、密着した体の感触。そして耳元で響く甘い声。

「あのっ！　放してください！」

動揺しているのが恥ずかしくて、もがくように清瀬さんの胸を押すと、彼はくすくすと笑いながら私を解放してくれた。

「いつも星のことばかり考えているから、地に足がついてないんじゃないのか？」

赤くなったのを誤魔化すように、そんな憎まれ口に頬を膨らませる。

「ほ、放っておいてください。それより、いつからそこにいたんですか？」

彼の存在に気づかずにいた自分が恥ずかしくてそう問うと、「宇宙飛行士の話くらいからかな？」と涼しい顔で答える。

「盗み聞きなんて、悪趣味ですね」

怒って言う私を見て、清瀬さんが小さく肩を揺らして笑った。

「そのつもりはなかったんだけど、思わず聞き入ってしまった。悪かったな」

「いえ……」

そんなふうに、素直に謝罪されるとは思っていなくて驚く。

戸惑いながら首を横に振ると、清瀬さんは仰《あお》ぐように空を見た。

視線の先にあるのは、青空に浮かぶ半円状の白い月。

「君の話は、つい聞いていたくなる」

冷徹なこの人から、褒《ほ》められるとは思っていなかった。

月を見上げる横顔は優しげで、なぜか見ているだけで脈が激しくなってしまう。

どうリアクションをしていいのかわからず黙り込んでいると、彼は小さく笑って事務所へと入っていった。

きっと、館長にまた買収の話をしに来たんだろう。

プラネタリウムを守りたいと思う私たちにとって、彼は天敵だ。

ちょっと持ち上げられたくらいで、ほだされちゃだめだ。

そう自分に言い聞かせ、館長と清瀬さんの話し合いに同席しようと、ほうきとちりとりを片づけていると、背後から賑やかな声がしてきた。

振り返ると体格のいい外国の男の人がふたり、スマホを取り出して坂の上天球館の写真を撮っていた。

昔ながらの石蔵と、洋風のプラネタリウムドームの組み合わせが珍しいんだろう。ときどきこうして外国人観光客がやって来ることがある。

SNSにアップされたレトロな街並みの写真が、ひそかな話題になっているようだ。見に来てくれるのは嬉しいけれど、彼らは建物に興味があるだけで、たいていプラネタリウムの中には入ってくれないから少し複雑だ。

何枚も写真を撮る様子を見ていると、ふたりは「ハイ！」と陽気にこちらに片手を上げながら庭へと入り込んできた。

建物にばかり気を取られている彼らは、庭で咲く足元の植物たちを気にも留めず、アングルを変えては写真を撮る。

ただの緑に見えるかもしれないけれど、あの辺はハーブの畑だ。

ローズマリーやカモミール、タイムが彼らの靴の下敷きになっているのを見て、慌てて駆け寄った。

「あの！　すみませんが、ここは庭なので出てください」

そうお願いする私を、不思議そうな表情で見下ろす。

「えっと、だから。足元、植物を踏んでるから……！　外に、ゴー、ゴー」

なんとかわかってもらおうと、身振り手振りで頑張っていると、その私のまぬけな様子が面白かったのか、ふたりは顔を見合わせ笑い出す。

そして大きな手が伸びてきて、ぽんぽんとなだめるように私の頭をなでた。

不意打ちで触れられたことに動揺して顔が赤くなってしまう。

日本人は年齢より若く見られがちだというけど、もしかしたら私も幼く見られているんだろうか。

ここの職員として、ちゃんと注意してるのに。

私が眉をひそめても、彼らはお構いなしで、笑いながら私の肩を抱いた。

「きゃ……っ！」

背も高く体格もいい男の人に抱き寄せられ、思わず小さな悲鳴を上げてしまった。

な、なんで注意をしてるのに、突然肩を組まれるの……⁉

困惑して固まる私に、ふたりはなにか話しかけてくる。

早口の英語の中に「レッツゴーアウト」という言葉がなんとか聞き取れた。

きっと、出ていってくれるってことだよね？

「イエス、ＯＫ、イエス！」

顔を輝かせてそう言うと、彼らもさらに笑顔になった。

よかった、話が通じて。

ほっと胸をなで下ろしていると、肩を抱いていた腕が今度は腰に回った。

ぐいっと引き寄せられ目を丸くする。

「え!? ちょっと、あの……?」

なんで腰を抱くの？ そしてなんで私をつれて歩き出すの？

混乱する私をよそに、ご機嫌で歩き出すふたり。

力強い腕に腰をがっしりつかまれ、しかももうひとりに腕をとられた。

振り払いたいけれど、もし怒らせたらどうしよう。いやでもこのままどこかに連れていかれる方が怖い。

どうしていいのかわからずにパニックになっていると、背後から流暢《りゅうちょう》な英語で呼び止められた。

私を挟むようにしていたふたりが、足を止めて振り返る。

私もびくびくしながら声のする方を見ると、そこに清瀬さんが立っていた。

広い歩幅でこちらに近づき、私の腰に回っていた手を振りほどく。

まるで自分のものを取り返すように、彼らから私を解放し今度は自分の腕の中に閉じ込めた。

そしてそのまま英語で彼らとなにかを話す清瀬さん。

綺麗な英語はもちろん、体格のいい外国の男の人ふたりと対峙《たいじ》しても少しも動じない清瀬さんの余裕にドキドキしてしまう。

清瀬さんの腕の中にぴったりと納まり、きょとんとまばたきをする私を見たふたりは、諦めたように肩を上げた。

相変わらず陽気に笑い、こちらに手を振って出ていく彼ら。

ほっと肩から力を抜くと、腕の中の私を見下ろした清瀬さんはあきれたような顔をしていた。

「なにやってるんだ！　君は」

「な、なにって。あの人たちがお庭に入って植物を踏んでいたから、出ていってくださいって注意したんです」

私がそう答えると、清瀬さんが長いため息と一緒にうなだれる。彼の額がこつんと私のつむじにぶつかった。

後ろから抱き締められ密着していることを自覚して、心臓が激しく鼓動する。

「あ、あの……」

「言葉が通じなくても、口説かれてることくらいなんとなくわかるだろ」

「口説かれてって……。まさか！」

私なんかを口説く物好きがいるわけない、と首を左右に激しく振ると、清瀬さんが私を抱き締める腕に一瞬力を込めた。

「君は、見ていて不安になるくらい無自覚だな」

つぶやくような低い声に首を傾げる、ようやく腕を緩め解放される。

うるさい心臓を少しでも落ち着かせようと深呼吸している私に、清瀬さんは静かな表情で口を開いた。

「長谷館長と話して、買収の話を断られたよ。こんないい条件を蹴《け》るなんて、君たちはばかだな」

冷たい口調なのに、どこか楽しんでいるようにも聞こえた。

思い通りにならなかったというのに、まるでこの答えを予測していたみたいだ。

「大好きな坂の上天球館を、そう簡単には潰したりはしません」

私がそう言うと、清瀬さんが小さくうなずいた。

「まぁ、俺もそう簡単に諦めない。これからもじっくり口説いていくから覚悟してろ」

低く笑いながらささやかれ、一気に頬が熱くなった。

一瞬誤解しそうになった自分を、慌てて戒める。

口説くって、買収の話を諦めないって意味で、変な意味じゃないから、勘違いするな私。

魅力的すぎる外見のせいか、清瀬さんの些細《ささい》な言動にもいちいち動揺してしまう。

「それじゃあ」と踵《きびす》を返して駐車場の方へと歩き出そうとした清瀬さんに、私は声をかけて引き留めた。

「あ、あの、ありがとうございました！」

足を止めた清瀬さんが、私のことを見下ろす。

「さっき、助けてくれて本当にありがとうございました。怖くてどうしていいのかわからなかったから、清瀬さんが来てくれて、すごく、嬉しかったです」

面と向かってお礼を言うのはなんだか照れくさくて、口元を手で隠しながらぺこりと頭を下げる。

すると清瀬さんは少し考えるようにじっとこちらを見た。

「……じゃあ、お礼をしてもらおうかな」

「え？　お礼、ですか？」

本当に助かったから、お礼をと言われればもちろんするけれど、私は一体なにをすれば……。

「今夜、仕事は何時に終わる？」

戸惑う私に、清瀬さんがそう聞いてきた。

「えっと、八時すぎには」

「わかった。その頃君を迎えに来る」

「へ？」

目を瞬かせた私に、彼は「一緒に食事をしよう」と言って小さく笑った。

なんで私が清瀬さんと一緒に食事なんて……。

不思議に思っていると、彼は言いたいことだけ言って、私の返事を待たずに帰ってしまった。

事務所に戻ると、館長に「大丈夫だったかい？」と声をかけられる。

「さっき、さらわれそうになってただろう」

きっと窓から庭の様子が見えたんだろう。

恥ずかしくて、誤魔化すように苦笑いする。

「さらわれるなんて、大げさですよ」

「でも、夏目さんがふたりに言い寄られているのを見て助けてあげようと立ち上がったら、清瀬さんが僕を制して夏目さんのところに行ったんだよ」

「え……？」

あれは、偶然居合わせたんじゃなく、私のために出て来てくれたの？　立ち上がった館長を制してまで、わざわざ清瀬さんが？

どんなリアクションをしていいのかわからなくて、言葉に詰まったままうつむいた。

心臓の辺りが妙に苦しくて落ち着かない気分になる。

彼はここを買収しようとしている敵なのに……。

仕事を終え事務所から出ると、入口に一台の白いドイツ車が停まっていた。

シルバーの円の中に、三本の光芒《こうぼう》が輝くエンブレム。言わずと知れた高級車だ。

その車体に寄りかかってこちらを見る背の高い男の人。

もうすっかり日が暮れ薄暗くなっていても、シルエットだけで彼のスタイルの良さがわかる。

もしかしたら冗談でからかわれただけかも、なんて思っていたけど本当に迎えに来てくれたんだ。

ためらいながら近づくと、清瀬さんは助手席のドアを開けてくれた。

「あ、ありがとうございます……」

こんなふうに男の人にエスコートされるなんてはじめてで、すごく緊張してしまう。

そもそも男の人の車の助手席に座るのもはじめてだ。

二十八歳にもなって、人生経験が少なすぎだなと恥ずかしくなる。

「店は俺が決めていいか？」

運転席からちらりと見られ、首を何度も縦に振る。

逆に私に任せられても、大企業の副社長を連れていけるようなところなんて知らないから困ってしまう。

助手席でカチコチにかしこまる私を乗せて、清瀬さんは車を発進させた。


上品で豪華なエントランスに車を乗りつけて、清瀬さんが運転席から降りる。静かな足取りで近づいてきたスタッフと短く言葉を交わし、慣れた様子で鍵を手渡す。

その清瀬さんの様子を横目で見つつも、私はぽかんと開いた口を閉じられずにいた。

目の前にあるのは、てっぺんが見えないほどの高いビル。

ずらりと並んだ窓ガラスが、鏡のように夜景を反射している。

そして扉の上に輝くのは、アルファベットのPと七つの星を象《かたど》ったエンブレム。

……プレアデスホテルだ。

食事だからと深く考えずにいたけれど、まさかプレアデスホテルのレストランに連れて来られるとは思ってなかった。

エントランスに立つふたりのドアマンが、私たちのために恭《うやうや》しく両開きの扉を開けてくれる。

「行こう」とエスコートするように自然に私の腰を抱いた清瀬さんに、慌てて首を横に振った。

「ま、待ってください！」

動揺する私を、清瀬さんが不思議そうに見る。

「どうした？」

「高級ホテルのレストランに、こんな普段着で入れません」

シンプルな白いカットソーに黒いカーディガン。膝丈のグレーのスカート。今日も髪は後ろにひとつでまとめている。

洒落《しゃれ》っ気も色気もないシンプルで地味な格好の私が、高級レストランで食事をするなんて、絶対に場違いだし落ち着かない。

そう訴えると、清瀬さんはそんなことかと笑った。

「大丈夫。周りの目は気にしないでいい」

「そんなこと言ったって、私が気になります」

レストランに来るお客様は、みんなそれぞれ着飾って贅沢な時間を楽しんでいるのに、こんな格好の私がいるせいで優雅な空気を壊してしまったら申し訳ない。

「……そうか」

私の答えに少し考えてから、エントランスにいるスタッフに声をかける。

そして戸惑う私を促すように腰を抱き、歩き出す清瀬さん。

そのエスコートの仕方がとてもスムーズで、それ以上なにも言えずに自然と足を進めてしまう。

扉をくぐり建物の中に入ると、豪華な空間に息を呑んだ。

光を反射するほど磨き上げられた大理石の床に、艶やかな飴色《あめいろ》のマホガニーの手すりが美しい階段。

高い天井から吊り下げられたシャンデリアは、繊細な光の粒を一つひとつ繋《つな》ぎ合わせたようなデザインで、下から見上げれば光の雨が降り注いでいるみたいだった。

目の前に広がる夢のような光景に心を奪われながらも、そっと隣にいる清瀬さんを盗み見る。

この人は、こんな豪華なホテルを経営している会社の副社長なんだ……。

毎日職場と家を往復して星のことばかりを考えている私とは、まったく別世界に住む人。

ぼんやりとしているうちに清瀬さんは私を連れてエレベーターへと向かう。

カードキーをかざさないと動かないエレベーターは、上層階の宿泊者専用のものらしい。

上品な木目の操作盤に並ぶボタンの中から、彼は三十二階を押した。

どこに行くのかな、なんて思っているうちに扉が左右に開く。

鮮やかな装花が配されたエレベーターホールと、そこから続く広い廊下。ここはレストランやバーがある階ではなく、客室フロアなんじゃ……。

「えっと、清瀬さん？」

私をエスコートしたまま清瀬さんはゆったりとした廊下を進み、一番奥にある扉を開いた。

何平米あるのか想像もできない広いリビングに、花々が飾られたダイニング。

まるで映画の中に出てくるような素敵な空間が目の前にある。

そこは、豪華なスイートルームだった。

驚きで足がすくんで動けない私を振り返り、清瀬さんが口を開いた。

「レストランが落ち着かないなら、部屋で食事をしよう」

なんでもないことのように言われ、ぱちぱちとまばたきしてしまう。

「そのために、わざわざこの部屋を……？」

ホテルの最上階にあるスイートルーム。一体、一泊いくらするんだろう。

想像もできないけれど、めまいのするような額だということだけはわかる。

ただ私と食事をするために、こんなすごい部屋を用意するなんて。

お礼に一緒に食事をと言われてここに来たのはいいけれど、この室料と食事代が私に払えるとは到底思えない。

どうしよう。ここまで来て言い出しにくいけれど、これはちゃんと断るべきかも。

眉をひそめたり青ざめたり、バッグの中の財布を覗いたりしてぐるぐる考え込む私を見て、清瀬さんがあきれたように肩を上げた。

「安心していい。ここは俺が自宅兼執務室として使っている部屋だし、女性に食事代を出させるつもりもない」

すぐ顔色を変えてしまう私の考えることなんて、彼にはお見通しらしい。

「自宅兼執務室、ですか……」

さすがホテル業界のプリンス。彼は毎日こんな素敵なところで過ごしているんだ。

ため息をつきながら部屋を見回すと、清瀬さんと視線がぶつかった。

「スイートルームでふたりきりになって、警戒や期待をされるよりも、一番に支払いの心配をされるとは思わなかった」

笑いをこらえるような口調に、普通の女の子ならそういうことを考えるのかと、目を丸くする。

「大丈夫です。私はそんなに自意識過剰じゃありませんから」

こんなに魅力的な男の人が、わざわざ地味な私を相手にしようと思うわけがない。

勝手に期待なんかしないですよ、と安心させるように笑ってみせると、清瀬さんは私の髪をひとすじすくい上げた。

「少し君は無自覚すぎるな。俺だけじゃなく、他の男にもこんなに無防備なのかと思うと少し腹が立つね」

「え……？」

きょとんとする私の前で、清瀬さんがすくい上げた髪に一瞬キスを落とした。

まるで恋人にするような彼の甘い行動に、一気に頭に血が上る。

真っ赤になった私を見ると、清瀬さんがくすりと笑って髪から手を離した。そして何事もなかったように、部屋の中を進む。

び、び、びっくりした……。

動揺しながら清瀬さんの唇が触れた髪の辺りをくしゃりと手でつかむ。

落ち着け私。きっと、からかわれただけだ。繰り返し自分に言い聞かせ、大きく深呼吸をした。

そして清瀬さんの後を追い、部屋の中へと進む。

「それにしてもこのお部屋は豪華で素敵ですけど、自宅と職場を兼ねてるなんて、落ち着かなくないですか？」

はじめて入るスイートルームに緊張しながらそう聞くと、「今のところとくに不満はない」とさらりと答えが返ってきた。

高価そうなインテリアや窓から見える美しい夜景。現実離れした空間に彼の存在はしっくりとなじんでいる。

彼の纏う優雅で上品な雰囲気や身のこなしは、こういう環境で作られているのかもしれない。

「都内のプレデアス本社にも席はあるが、オーベルジュをオープンさせるまではこっちに拠点を置くことにした。ここならいつでも商談やゲストにも対応できて、時間の無駄もなくて合理的なんだ」

彼の言葉を聞きながら、十人以上が顔を合わせてもまだまだ余裕がありそうなリビングスペースを見る。

都内からこの街までは数百キロ離れている。

たしかに清瀬さんの言う通り、オーベルジュオープンまでの数ヶ月間のために執務室と自宅を別々に手配するよりも、自社のスイートルームを使えば経費削減になるし、ゲストとの会談場所を手配する必要もない。移動の時間も省略できるだろう。

「それに清瀬さん、香港のホテルをオープンさせて日本に帰ってきたばかりですもんね」

そうやって、世界中を飛び回って仕事をしているから、ホテル暮らしなんて慣れているんだろうな。

なにげなくつぶやいた言葉に、清瀬さんは驚いたように眉を上げた。

「よく知ってるな」

「清瀬さんの名前をネットで検索してみたら、情報が出てきて……」

「ふーん。俺に興味を持ってわざわざ調べてくれたんだ？」

からかうように笑われ、頬が火照る。

「ち、違います！　坂の上天球館を守るために、敵の情報を探ろうと思っただけです！」

「敵ねぇ」

慌てて否定する私を見て、清瀬さんが機嫌良さそうに笑った。

「まぁいい。ルームサービスを頼んであるから、食事にしよう。嫌いなものや食べられないものはあるか?」

そう尋ねられ首を横に振ると、清瀬さんが「よかった」と微笑んだ。


広いダイニングテーブルに、ふたりで向かい合わせに座る。

美しいグラスに入った食前酒に始まり、彩りの良い季節の野菜を使った前菜、スープにメインディッシュのフィレステーキ。

絶妙なタイミングでサーブされる料理はどれも美しくおいしくて、口に含むたび感激で顔をくしゃくしゃにしてしまう。

そんな私を見つめながら食事をとる清瀬さんは、食べる姿も嫌味なくらいスマートだ。

思わず見惚れていると、清瀬さんが口を開いた。

「ひとつ聞いてもいいか」

「……はい」

なんだろう、と手を止めると彼がこちらを見る。

「どうしてプラネタリウムが必要だと思う？」

その問いに、私は持っていたナイフとフォークを置き、椅子に座り直す。

「少しでも多くの人に、星に興味を持ってもらうためです」

「興味を持ってもらってどうする。莫大《ばくだい》な設備投資が必要なプラネタリウムや多額の公的資金を費やされる宇宙開発の必要性に疑問を持つ者も多いだろう？」

鋭い視線で見つめられる。

威圧的に問いかける清瀬さんにひるまずに口を開いた。

「でも、医療用のＣＴスキャンに太陽光発電やＧＰＳ……日常の中に、宇宙開発用から生まれた技術は数えきれないほどあります」

私の言葉を、清瀬さんはそんなことは当然知っているという表情で聞いていた。

「だけど私は正直、星への興味が人類にとって役に立つかなんて、どうでもいいことだと思います」

そう続けると、清瀬さんは興味を持ったようにわずかに眉を上げた。

「星や宇宙のことを知らなくても生きていけるし、知ったところで明日が劇的に変わるわけでもないですよね。それでも自分の住むこの世界のことをより深く理解したいと思うのは、人間の本能だと思います」

「本能？」

首を傾げた清瀬さんにうなずいてみせる。

「宇宙を知ることは、自分のルーツを探ることと同じです。地球も私たち人間も、ビッグバンや超新星《ちょうしんせい》の爆発などで作られていった元素、星のかけらからできているんです。自分の体を形作るものが、遠い昔、夜空に光る星の一部だったのかと思うと、なんだかわくわくしませんか？」

「星の一部か。ずいぶんロマンティックな話だな」

ついつい熱っぽく語ってしまった私を見ながら、清瀬さんがくすくすと笑う。

なんだか照れくさくなって、こほんと咳払《せきばら》いをしてからまた口を開いた。

「芸術だって文化だってそうですけど、人が自然と心を躍らすものを役に立たないと排除してしまったら、人間は人間ではなくなってしまうと思います」

私の答えに、清瀬さんは満足そうに「なるほどな」とつぶやく。

一気にしゃべって少し喉《のど》の乾いた私は、グラスを引き寄せ赤ワインをひと口飲む。

こくんと喉を鳴らしてから、上目遣いに清瀬さんを窺う。

「それに、このホテルだってそうですよね」

清瀬さんが「ん？」とわずかに首を傾げた。

「プレアデスホテルにははじめて来たんですが、夢みたいに素敵な空間に驚きました。料理もすごくおいしいし、スタッフの人もみなさんスマートで礼儀正しくて、感激してしまいました」

たどたどしく感想を伝えると、清瀬さんが目を細める。

「満足してもらえたならよかった」

「でも」

私がそう続けると、清瀬さんがグラスに伸ばしかけた手を止めた。

「その日その日を生きていくためだけなら、こんな立派な部屋もおいしい食事も高価なワインも必要ないですよね。だけど、ひとときの夢のためにたくさんのお金を払ってくれるお客様は、ただ純粋に楽しんでいるだけで、この贅沢が自分にとって有益かどうかなんて考えていないと思います」

私がそう言うと、清瀬さんの目つきが緩んだ。口元に指をやりながら「たしかに」とうなずく。

そして私にまた質問をする。

「君が星に興味を持ったきっかけはなんだった？」

かすかに傾けた顔に黒い前髪がかかる。その隙間からこちらを見つめられ、少し緊張しながらも口を開いた。

「私の地元は山間《やまあい》の小さな田舎町なんですけど、街灯も建物も少ないので、夜になるとものすごい数の星が見えたんです。いやなことがあると、いつも自分の部屋から夜空を見上げていました。悲しいときに見上げてもいつも星は美しくて、私の住む世界はこんなに綺麗なものに囲まれてるんだと思うだけで、頑張れました」

「いやなこと……？」

「うちの家族、いろいろあって……」

小さな頃の記憶を思い出し、少し息苦しくなる。

うつむいて黙り込むと、私の気持ちを察したのか清瀬さんがそれ以上追及することはなかった。

「それで星が好きになって、プラネタリウムの解説員になったのか」

「そうです。自分が星空に励まされたので、私もうつむいて悩んでいる誰かに空を見上げるきっかけを作ってあげられればいいなって」

「そういう想いがあるから、君の言葉は心に響くのかもしれないな」

つぶやいた彼がおもむろにこちらに手を伸ばした。

なんだろう、と思いながらまばたきをすると、温かい手がふわりと私の頭に触れた。

長い指が、私の髪を優しくかき混ぜる。

「君は頑張ったんだな」

同情でも哀れみでもない、温かなねぎらいの言葉になぜだか少し苦しくなる。

赤ワインのせいで酔っ払ってしまったんだろうか。なぜか鼻の奥がツンと痛くなって涙が出そうになってしまう。

「さっきから君、君って……、私にも名前があります」

潤んだ目元を誤魔化すように不満げにしてみせると、清瀬さんは「そうか」と笑った。

「じゃあ、真央」

「ま、真央って！」

甘い声で名前を呼ばれ驚いて目を見開く私に、真っ直ぐな視線を向ける。

「夏目真央、だろう？」

名乗った覚えはないのに、いつの間に私のフルネームを知ったんだろう。

そう疑問に思ってから、仕事中は胸元にネームプレートをつけていることを思い出す。

「で、できれば夏目と名字で呼んでほしいんですけど」

こんな甘い声で名前を呼ばれるのは、落ち着かないし心臓に悪い。

動揺を悟られたくなくてうつむきながら小声で言った私に、清瀬さんは楽しげに笑う。

「真央は星や仕事のことなら流暢に話すのに、それ以外の話になると急にたどたどしくなるんだな」

図星をさされ、顔が熱くなる。

館長の特訓のおかげで人前で話ができるようになったけれど、もともとは内気な性格だった。

とくに最初に付き合った彼と別れてから、あまり男の人と関わらないようにしてきたせいで、こうやって面と向かって話すのは未だに苦手だ。

「まぁ、そんなところも可愛いけど」

清瀬さんの言葉に、熱かった頬がさらに熱を持ってしまう。

「か、からかわないでください！」

思い切り首を横に振ると、清瀬さんがこちらを見ながらかすかに笑った。

頬杖をつきながらじっと見つめられ、居心地が悪くなってしまう。

「真央は面白いな。俺がプレアデスの後継者だと知ったら、大抵の女は目の色を変えるのに」

「それは、自分に恋愛は向いてないってわかっていますし、清瀬さんは坂の上天球館を潰そうとする敵ですから」

つんと澄まして言うと、清瀬さんが私の手を取った。

長い指で私の手の甲をゆっくりとなぞりながら余裕たっぷりに微笑む。

「真央が俺に興味がなくても、俺は興味が湧いてきた」

そんなことを言われ、触れられた手が熱くなる。

じわりと汗ばんだ手のひらが恥ずかしくて、慌てて手を引っこ抜いた。

「この先恋をするつもりも結婚するつもりもないので、私なんかに興味を持ったって時間の無駄です」

「どんなに口説いても落ちない自信があるんだ？　ますます興味を引かれるね」

そんな甘い視線を向けられたら、落ち着かなくて仕方ない。

私が肩をいからせて威嚇すると、清瀬さんは楽しげに笑う。

「じゃあ、俺と付き合えばプラネタリウムを潰さないと言ったら、どうする？」

「そ、そんな卑怯《ひきょう》な交換条件を出す男の人とは、絶対付き合いたくありません」

予想外の言葉に顔を真っ赤にしながら言うと、私の答えが気に入ったらしく清瀬さんは満足そうな表情をしていた。

「プラネタリウムは今月中にも買収して改装を進めるつもりだったけど、気が変わった」

清瀬さんは真っ直ぐにこちらを見て挑戦的に笑う。

「三ヶ月猶予《ゆうよ》をやる。その間にプラネタリウムをどうやって立て直すのか、見せてみろ」

その言葉に、私は口元を引き結んでうなずいた。

ただの御曹司《おんぞうし》の気まぐれに振り回されているだけかもしれないけど、やるしかない。

その後、ひとりで帰れると何度言っても聞いてくれない清瀬さんに押し切られ、車を出してもらうことになった。

運転してくれたのは彼の秘書の遠山さんという四十歳くらいの男性だった。

「秘書って、この前一緒に坂の上天球館に来た女性の方じゃないんですか？」と尋ねると、「彼女は私のサポートなんですよ」と教えてくれた。

清瀬さんひとりに、ふたりの秘書がついているなんて。

それだけ清瀬さんが多忙なんだと驚いてしまう。

本当に、私とは別世界に住む人なんだな。

車の後部座席で、遠くなるプレアデスホテルを振り返りながらそう思った。

プラネタリウムと甘い視線

プラネタリウムの経営を続けるためには来館者を増やさなきゃならない。

そのためにはどうしたらいいだろう。

観光案内所にパンフレットを置いてもらったり、地元の人たち対象の天文教室《てんもんきょうしつ》を開いたり、SNSで宣伝するのもいいかも。

なんて、館長とふたりでアイデアを出し合い相談する。

「SNSはいいね。まずこの場所をたくさんの人に認知してもらうことが大事だし」

「じゃあ、私が公式アカウントを作ってもいいですか？」

「僕はそういうのは苦手だから、夏目さんに任せるよ」

「わかりました」

投影スケジュールのお知らせやSNSに投稿するための写真を用意したり、星に興味を持ってもらうための面白い話なんかも考えておかなきゃ。

そう思いながら、やることをメモしてまとめていく。

「それから、夏休みに子ども向けのイベントを開くのはどうだろう。天体観測もいいけど、もっと気軽に日中にできることで」

館長の提案に「たしかに」とペンを持つ手を止めた。

「天体観測は、もともと星に興味のある子しか来てくれませんもんね」

体を館長の方へ向け相づちを打つ。

天体観測は夜しかできないということもあり、プラネタリウムを見に来るよりも敷居が高く感じるのか、なかなか参加者が集まらないことが多い。

「自由研究にもなるから手作りの星座盤とか、ペーパークラフトの天球儀《てんきゅうぎ》とか、星に関係した工作はどうだろう」

「いいですね！」

それなら普段星に関心のない子たちも気軽に参加してくれるに違いない。

「じゃあこっちは僕の方で日程の調整を進めるね」

「はい！」

三ヶ月の猶予をくれると清瀬さんは言ってくれた。

期限が過ぎても買収を拒否し続けることはできるかもしれない。

でも、三ヶ月の間に必死に考えてもあがいても経営が改善しないなら、どのみちこの先の存続は難しいだろう。

なんとか坂の上天球館の生き残る術《すべ》を探さなきゃ。

ただ現状はなかなか厳しかった。

私はここ一年間の来館者数を見てため息をつく。リピーターとしてやって来てくれる人はほんのわずかだ。

一部の星好きの人だけではなく、たくさんの人にまた来たいと思ってもらう施設にするためには、どうすればいいんだろう……？

頭を悩ませながら窓から外を見ると、隣の商館では改装工事がはじまっていた。

高級ホテルグループ、プレデアス初のオーベルジュ。

オープンは四ヶ月後なのに、すでにニュースで話題になっていた。

明治時代のノスタルジックな雰囲気を残す洋館で、一日十組という少人数のお客様のために用意された特別な時間。

貴賓室《きひんしつ》のような特別感のある客室や、絢爛豪華《けんらんごうか》なメインダイニングルーム。

宿泊者のためだけのスパも併設され、坂の下に広がる海を見下ろしながら一流のセラピストの施術で日々の疲れを癒《いや》せるという。

日本国内だけでなく、海外からも注目を集めているようだ。

清瀬さんと過ごしたスイートルームを思い出す。

上質で美しく、サービスの行き届いた一流のホテル。

彼の会社が手掛けるオーベルジュは、ホテル同様、贅沢な時間を過ごせる場所になるだろう。

このプラネタリウムを存続させていくなら、オーベルジュを訪れたお客様にも満足してもらえるような素敵な施設にして、清瀬さんを驚かせてやりたい。

手っ取り早く人を呼ぶなら、最新の投影機を導入すればいいんだろうけど、投影システムからプロジェクター、音響設備まで入れ替えるとなると何千万か、下手すれば億に届く額になる。

とてもそんな余裕はないし……。

頭を抱えながら唸《うな》っていると、背後からくすりと笑い声が聞こえた。

はっとして振り向くと、清瀬さんが立っていた。

「い、いつの間に！」

驚いて思わず飛び上がる。

どうしてカウンターで区切られている事務所内に普通に入って来ているんだろう。

こっちは部外者立ち入り禁止なのに。

怪訝《けげん》な表情を浮かべる私の横を、お菓子の箱を持った館長がご機嫌で歩いていく。

あの箱のロゴは、雑誌やテレビでも話題の人気店のものだ……。

「夏目さん、清瀬さんに差し入れをいただいたから三時に食べましょう」

差し入れに簡単にほだされてしまった館長を見送りながら、こほんと咳払いをして背筋を伸ばす。

「清瀬さん、なんの御用でしょう」

「オーベルジュの進捗《しんちょく》状況を確認したついでに、寄っただけだ」

「そうですか」

外は暑かったのか清瀬さんはベスト姿だった。

フィットしたデザインが、広い肩幅から引き締まった腰回りまで、しなやかな体のラインを引き立てる。垣間見えた男らしさにドキドキしてしまった私は、さりげなく目を逸らした。

すると、私をさらに動揺させるように清瀬さんがこちらに近づいた。

「ひとつ頼みごとをしてもいいか?」

ゆっくりと近づきながら言われ、なんとか平静を装いながら「内容によります」と答える。

頼みごとなんて、一体なんだろう。

内心緊張している私に、彼は「プラネタリウムが見たい」と言った。

なんでもない頼みに拍子抜けしつつ、ふたりでドーム内に入る。

彼の希望は私とふたりきりで、貸し切りでプラネタリウムを上映してくれというものだった。

平日の昼間で、悲しいことに他にお客様もいないので、「いいですよ」と了解して上映の準備をする。

薄暗いドームの中、彼はコンソールのすぐ前の席に座った。

明かりを落とすと丸い天井が見えなくなり、頭上にはどこまでも続いているような暗闇が広がる。

「なにかリクエストはありますか？　自分の星座の話がいいとか」

マイクを通して彼に聞くと、「いや」と素っ気ない返事が返ってきた。

「なんでもいい。真央に任せる」

「わかりました」

少し考えて、今日の星空を天井いっぱいに映す。

投影機から放たれた六千五百個の光の粒がドーム状の天井に当たり、まるで本物の夜空のように星となってきらめく。

「プラネタリウムは、新幹線よりも飛行機よりも早く旅をできる乗り物です。地球上のすべての場所から見上げる星空を映すことができ、時間も自由に操ることができるタイムマシンでもあります」

そう言いながら、操作盤の中の緯度変化のスイッチを動かすと、ドームの真ん中に設置されたプラネタリウムの投影機がゆっくりと回転する。

「今日は私たちがいつも見上げている北天《ほくてん》ではなく、南半球からしか見ることができない南天《なんてん》の星座をご案内したいと思います」

通常のプラネタリウムでは、北半球から見られる星座を中心に解説するから、投影機で南天の星座を映すことは珍しい。

空を見上げると、投影機の動きに合わせ頭上に光る星がゆっくりと回っていた。目に映るすべての星が一斉に動くと、移動しているのが空なのか自分なのかわからなくなる。

「南天の星座を映すために投影機を動かしていくと、ドーム全体に映し出される星が同時に移動します。こうやって見上げているとふわふわ浮いているように感じませんか？」

マイク越しに清瀬さんに話しかけると、前の座席に座る彼がうなずいた。

「たしかに。投影されている星じゃなく自分の方が移動している気分になる」

「まるで宇宙船に乗って星の中を旅しているみたいですよね」

「改めて見ると投影機は、星を映すためだけにあるとは思えないくらい仰々《ぎょうぎょう》しい形をしているな」

「昔の人が考えた宇宙船の模型だよ、って言われたら、信じてしまいそうですよね」

ドームの中央にある、大きな鉄のカプセルを斜めに設置したような形の投影機。

上半分が北半球の星座、下半分が南半球の星座を映し出し、上下に突き出した円筒形の装置から太陽や月、水星《すいせい》や金星などの惑星が投影されるようになっている。

星空を背景に浮かび上がる投影機のごつごつしたシルエットは、まるで地上に着陸した宇宙船みたいだ。

ＳＦみたいな少し不思議な世界観を感じさせる。

「最新型の投影機は小型で丸い形状のものが主流なので、この形の投影機はこの先どんどん減っていくと思います」

だから、できる限りこの投影機を残したい。そのためにもこの坂の上天球館を守りたい。

そんな思いを込めてつぶやくと、清瀬さんがコンソールに立つ私をちらりと見た。

同時に投影機が動きを止め、頭上の星たちも移動を終える。

「南天の星座の下に到着しました」

そう言って星座解説をしようとすると、「真央」と清瀬さんが私を呼んだ。

なんだろうと首を向けると、振り返った清瀬さんが隣に座れというように目配せをする。

たしかにふたりきりの星座解説なら、わざわざコンソールでマイクを使わなくても、隣で話す方が早いかも。

そう思いながらうなずいた。

暗いドーム内を足元に注意しながら移動して、清瀬さんの席に向かう。

折り畳みの座席を開いて腰を下ろすと、体が後ろに倒れぎしりと音がした。

なんだろう、と目を見開くと、隣に座る清瀬さんが体を起こし、私の座席の背もたれに手をついていた。

リクライニングが倒れ、まるで押し倒されているような体勢になる。

見開いた視界に、私に覆いかぶさっている清瀬さんが映る。

目の前にはネクタイを締めた色っぽい首筋。おずおずと視線を上げれば、星明りの中、真剣な表情でこちらを見つめる清瀬さん。

も、もしかしてキスをされる……⁉

「ま、待ってください、清瀬さん……っ」

近づいた距離に動揺して息を呑むと、頭上から冷静な声が降ってきた。

「座席の質が悪すぎる」

「……は？」

ぽかんとしていると、清瀬さんが私の座席の背もたれについた腕に体重を載せる。

すると背中の方からシートの軋《きし》む音が聞こえてきた。

「客が背中に体重をかけるたびにこんなにギシギシ鳴ったんじゃ、せっかく綺麗な星空を見ていてもいちいち気が散る」

「はぁ……」

「長年使っているせいだろうが、クッションが固くなって座り心地が悪いし、独特の匂いが染みついていてとても快適とは言えない」

……あぁ、清瀬さんは私にキスをしようとしたわけじゃなく、ただ座席の問題点を教えてくれただけなんだ。

ほっとして気が抜けた後、じわじわと耳が熱くなっていく。

一瞬でも勘違いしてしまった自分が恥ずかしくて耳を隠してうつむくと、長い指に顎をすくい上げられ、清瀬さんの方を向かされた。

「そんなに動揺して、どうかしたか？」

「い、いえ。なんでもないです！」

慌ててかぶりを振った私に、彼は意地悪に口端をわずかに上げる。

「俺にキスされるかもって、期待でもした？」

「ち……っ！」

違います、と否定しようとしたけれど、言うよりも先に赤面してしまう。

清瀬さんがさらに意地悪な笑みを浮かべた。

「そんな涙目で見つめられたら、本気でキスをしたくなる。君はもしかして、俺を誘ってるのか？」

「さ、誘ってるわけないですっ‼」

叫ぶように言って、勢いよく立ち上がる。

ずんずんとコンソールに向かい、ドーム内の照明を点けた。

一気に明るくなり、それまで頭上で輝いていた星が消える。

「問題点を教えていただきありがとうございましたっ‼」

清瀬さんを睨みながら乱暴にお礼を言うと、彼はくすくすと笑って立ち上がった。

動揺しまくる私とは対照的に、余裕たっぷりの態度が憎らしい。

バターン、と音を立てて出口の扉を開け、事務所にいる館長に声をかける。

「館長、除菌スプレーありましたっけ⁉」

「あるけど、一体どうしたの？　夏目さん」

私の剣幕《けんまく》にきょとんとしながらスプレーを差し出す館長。

ありがとうございます、と受け取って大股《おおまた》でドームに戻る私を見て、館長は首を傾げる。

むきになって座席に除菌スプレーを吹きかける私を見て、清瀬さんは楽しげに笑っていた。


「この座席は開館当時から使っているからなぁ」

清瀬さんの指摘を伝えると、館長は腕を組んで「盲点《もうてん》だったね」と唸った。

私も館長も、いつもコンソールに立つだけで、座席で星座を見ることがなかったから気づかなかったのだ。

清瀬さんにからかわれたことに動揺して頭に血が上ったけど、冷静になると彼の言うことはとても正しい。

「座席を交換することは……」

言いながら館長の表情を窺うと、もちろん渋い顔。

「難しいね」

「ですよね」

プラネタリウムの座席は、映画館や劇場で使われる一般的なシートとは違い、設置する場所によってリクライニングの角度の細かい調整が必要になる。

それに対応した専用のシートを使わなければならないから、もちろん高額だ。

ふたりで顔を見合わせ、ため息をつく。

「たくさんの人に来てもらうには、どうすればいいんでしょう」

途方に暮れてつぶやくと、館長は難しい顔をした。

「有名キャラクターやアーティストとコラボした独自のプログラムを作ったり、最新のデジタル技術を使ったり……。人気のプラネタリウム施設はいろいろあるけど、それらの施設の真似をしようとしても、小手先じゃ意味がない」

館長の言葉にうなずく。最新技術だっていつかは古くなるし、プログラムだっていつかは飽きられる。

「そうですね。この坂の上天球館にしかない、なにかを作らないと」

その〝なにか〟は一体なんなんだろう。

それを見つけないと、この場所を守れないんだ。

悩みながらプラネタリウム室を掃除していると、座席の下に落し物があることに気がついた。

手を伸ばして拾い上げると、バーガンディの本革に黒糸のステッチが施された名刺入れ。

見るからに上質なそれに、中を覗かなくても清瀬さんのものだとわかる。

さっき落としてしまったんだ。

「夏目さん、どうかしたかい？」

座席の間で座り込んでいた私に気づいて、館長が覗き込んでくる。

「これ、清瀬さんの忘れ物だと思うんですけど」

「名刺入れか。きっと失くして困っているだろうね」

「ですよね……」

手の中の名刺入れを見下ろしていると、館長に「今日はもういいから、ホテルまで届けてあげなさい」と言われてしまった。

緊張しながらやって来たプレアデスホテル。

相変わらず豪華な入口に尻込みしてしまう。

けれどエントランスに立つドアマンは、あきらかに場違いな私に対しても微笑みを向けてくれた。

両開きのドアが開かれ「いらっしゃいませ」と頭を下げてくれる。

丁寧な対応に、まるで自分が重要なゲストになったような気分になった。

広くて華やかなロビーに入ると、年配のご夫婦が辺りを見回している。

はじめてプレアデスホテルに来て戸惑っているのかな？　なんて親近感を抱いていると、すぐに気づいたスタッフの若い男性がふたりに近づく。

「なにかお手伝いできることはございますか？」

柔らかい声に振り返ったご夫婦が、少し恥ずかしそうに顔を見合わせる。

「ディナーの予約をしていたんですが、少し早く着きすぎたようで」

「そうでしたか。何時のご予約でしたか？」

「十九時に……」

漏れ聞こえた会話につられて腕時計を見る。まだ十八時半にもなっていない。

「フレンチをご予約の小沢《おざわ》様ですね。このたびは四十回目のご結婚記念日、おめでとうございます」

　深く頭を下げたスタッフに、ご夫婦が驚いて目を丸くする。

「大切な機会に当ホテルをお選びいただきありがとうございます。レストランのお席をご用意するのにもうしばらくお時間がかかりますので、よろしければラウンジでお飲み物を一杯プレゼントさせていただけませんか？」

　その言葉に、ふたりはみるみる笑顔になっていった。

　……すごい。

　どうしてあのスタッフは、ご夫婦の名前や今日がふたりの結婚記念日だということがわかったんだろう？　まるで魔法使いだ。

　感動していると、背後から声をかけられた。

「夏目様」

　聞き覚えのある、落ち着いた低い声。

　振り向くとそこには、シルバーのフレームの眼鏡をかけた男の人。

　清瀬さんの秘書の、遠山さんだ。

「あ、遠山さん！」

「そんなに目を丸くして、どうされました？」

「私、魔法を見てしまいました」

興奮が収まらなくて、たった今、目の前で起こった出来事を話すと、遠山さんがいたずらっぽく微笑んだ。

「では、魔法の種明かしをしましょうか」

「種明かし？」

首を傾げた私に、遠山さんが上品にうなずく。

「ドアマンからベルマン、レセプション、予約担当まで、勤務中は小さなインカムをつけております。対応したスタッフはご夫婦の様子を見て、はじめて当ホテルにいらっしゃったお客様で、ご宿泊ではなくレストランのご利用だと想像したんでしょう。声をかける前に、予約担当とやりとりし、近い時間に初来店の二名様でのご予約が入っているのを確認したはずです」

「なるほど……」

「実際にお話しして予約の時間を確認し、確証を得た上でお名前を呼んだんだと思いますよ」

「じゃあ、結婚記念日だということは？」

「予約担当が予約時のお電話で聞いていたんでしょう。そういった情報は素敵な記念日を過ごしてもらえるよう、各スタッフに共有されます」

　おもてなしの徹底ぶりに驚いてしまう。

「ラウンジでのサービスも決まりなんですか？」

「それは、そのスタッフ個人の裁量《さいりょう》です。お飲み物一杯のサービスで気分を良くしていただければ、ディナーのときに予定よりも高いワインを注文してくださるかもしれない。当ホテルを気に入って、次は宿泊してもらえるかもしれない。そんな下心もありますが、根底にあるのは、お客様に心からのおもてなしをして笑顔になっていただきたいという気持ちです」

「すごい……」

　歴史ある老舗《しにせ》ホテルがたくさんある中で、日本の高級ホテルといえばプレアデス、と呼ばれるまでに成長したのは、スタッフたちのこうした意識の高さも理由なんだろう。徹底したサービスに感動してため息をつくと、遠山さんがくすりと笑う。

「とはいえ、スタッフがここまで動くようになったのは、副社長のおかげなんですよ」

　清瀬さんが？　不思議に思って遠山さんを見上げる。

「彼がホテルの後継者として経営に関わるようになって、まず一番に進めたのが、従業員の待遇を良くすることでした」

「お客様ではなく、従業員のですか？」

「プレアデスホテルは高級です。お客様に高いお金を支払ってでも利用したいと思っていただくためには、徹底して質の高いサービスを提供しなければなりません。スタッフ一人ひとりが職場の環境に満足して仕事に誇りを持って働いていなければ、心からのおもてなしなんてできるはずがないと副社長は考えたんです」

その言葉を聞きながら、ロビーから見えるスタッフを目で追う。

みんな背筋を伸ばし、微笑みをたたえ、きびきびと動く様は見ていてとても気持ちがいい。

「いくら社員教育をしたところで、自分たちの意見が上司に聞き入れてもらえないような職場では……」

「心がこもったおもてなしができるわけがないですよね」

納得した私が深く息を吐くと、遠山さんがにこりと笑った。

遠山さんの口調や表情からも、清瀬さんがただの御曹司ではなく立派な経営者だということが伝わってくる。

「ちなみに、夏目様がホテルにいらっしゃったことも、ドアマンから私に連絡が入ってわかったんですよ」

「え？　私、一度しか来たことがないのに？」

「副社長がこんな素敵な女性を連れて来たんですから、忘れるわけがありません」

歯の浮くようなお世辞をさらりと言われ、言葉に詰まる。

「……清瀬さんなら、毎日のように綺麗な女性を連れて食事をしてそうですけどね」

真っ赤になった頬を隠すように手を当てると、くすくすと笑われてしまった。

「副社長の恋はまだまだ前途多難《ぜんとたなん》のようですね」

「清瀬さんは私をからかって面白がっているだけですから……」

ぷんと顔を背けた私を、遠山さんが優しい表情で見つめる。なんだか居心地が悪くて困ってしまう。

「あ、そうだ。清瀬さんが名刺入れを忘れたので届けに伺ったんですが……」

そう言って名刺入れを差し出した私に向かって、遠山さんが「ありがとうございます」と、丁寧にお礼を言ってくれる。

「あいにく、副社長は外出しておりまして」

「あ、いいんです。私は清瀬さんに会いたいわけじゃなくて、ただ忘れ物を届けに来ただけなので」

頭を下げてくれた彼に慌てて首を横に振ると、その勢いがすごすぎたのか、またくすりと笑われてしまった。

「では、たしかにお預かりいたします。車を回しますので、ご自宅までお送りしますね」

当然のようにそう言われ、驚いてしまう。

「いえ、ひとりで帰れるので大丈夫です」

「夏目様をお送りせずに帰してしまえば、副社長が気にされますから」

お客でもない私を様づけして呼んでくれる遠山さんの気遣いに、申し訳なくなる。

名刺入れがなければ困るかと思って届けに来たけれど、余計な手間をかけさせて逆に迷惑だったかもしれない。

遠山さんの運転する黒い国産高級車の中。後部座席で、流れる車窓をぼんやりと眺めていると、「そういえば……」と声をかけられた。

「先ほど、副社長は毎日のように女性と食事をしていそうだとおっしゃいましたが、プライベートで彼が女性をあの部屋に入れたのは、あなたがはじめてですよ」

「……そうなんですか」

そんなことを言われたら、私だけが清瀬さんの特別なんじゃないか、なんて勘違いをしてしまいそうだ。

心が落ち着かなくて、窓の外を眺めながらこっそりと深呼吸を繰り返した。

彼の素顔と身分の違い

隣の敷地に立つ商館の改装は着々と進んでいるようだ。

閑静《かんせい》な住宅街だからと、防音対策のために高いシートを立てて、工事の様子は外から見えないようになっている。

それが道行く人の興味を引くらしい。

出入りする業者の人たちもとても礼儀正しく、周りの住人たちの印象もかなりよかった。

「さすがプレアデスグループね。工事中からこんなに周りを気遣ってくれるなんて」

「オープンが楽しみだわ」

なんて近所の人たちが話すのを聞くたびため息が出る。

崖っぷちにいる私たちとは対照的だ。

清瀬さんから猶予をもらってすでに一ヶ月が過ぎてしまったけれど、なんの打開案も見つけられずにいた。

努力の甲斐《かい》あって、少しだけど来館者数は増えてはいる。

だけど、ほとんどのお客様は一度訪れたらそれきりだ。リピーターが増えなければ、先は厳しい。

石造りの事務所やレトロなプラネタリウムドームの外観を写真に撮ってＳＮＳにアップしてみたら、思いのほかたくさんの反応があった。

写真を見た若いお客様が、遠方からわざわざこの坂の上天球館目当てで足を運んでくれたこともある。

だけど、『建物は素敵だけど、プラネタリウムは古くて普通だねー』なんて感想を言い合っているのを耳にして、がっくりと肩を落としてしまった。

どうすればもっとたくさんの人に喜んでもらえる施設になるだろう?

毎日毎日悩んでいるけど、答えは一向に見つからないままだった。

事務所のデスクに向かって眉間にしわを寄せていると、「夏目さん、顔が怖いよ」と館長に突っ込まれてしまった。

「すみません……」

深い溝ができた眉間を指でマッサージしながら振り返ると、マグカップを持った館長が立っていた。

「ありがとうございます」

カフェオレ入りのマグカップを頭を下げながら受け取ると、館長は「あまり、無理をしなくていいからね」と優しく言ってくれる。

「別に、無理してないですよ」

「そうかい。最近、目の下にクマがあるように見えるけど」

慌てて手で目元を隠すと笑われてしまった。

家に帰ってもプラネタリウムのことばかり考えて、なかなか寝つけずにいることを見抜かれてしまっているようだ。

館長もプラネタリウムを存続させるために、地元だけではなく、隣接する地域の教育委員会にこの施設を売り込んだり、新しいパンフレットを作ったり、いろいろ手を尽くしてくれている。

ふたりで頑張ってはいるけど、なかなか好転しないのがもどかしい。

「館長は、どうして前のオーナーから坂の上天球館を買い取ったんですか？」

六年前、私がここに来る前までは館長はひとりでここを経営し、すべてをこなしていたそうだ。

こんな施設を個人で買い取り運営しようと思うなんて、ものすごく大きな決断だったに違いない。

私がカフェオレに口をつけながら聞くと、館長は懐かしそうに微笑んだ。

「昔、僕が天球館で働きはじめたばかりの頃、とても星が好きでよく通ってくれる子がいたんだ」

「へぇ……」

「体の弱い子でね、学校は休みがちだったんだけど、スピカが大好きでよく春の星空を解説してくれってせがまれてね」

「かわいい子だったんですか？」

昔を思い出す館長の表情が優しくて、冷やかすようにそんなことを聞いてみる。

「天真爛漫《てんしんらんまん》でとてもかわいい子だったけど、当時僕は二十代でその子はまだ中学生だよ。残念だけど夏目さんの期待するような話はなにもない。だけど、彼女が『学校よりも家よりも、このプラネタリウムで星を眺めている時間が一番好き』って言ってくれるのが嬉しかったんだよね」

「そうなんですか……。今その子はどうしているんですか？」

当時中学生だった彼女は何歳になっているんだろう。このプラネタリウムができたのは約三十年前だから……。

なんて年齢を計算しながら尋ねると、館長は「わからないんだ」と小さく笑った。

「病気がちでなかなか学校になじめなかったみたいなんだ。療養を兼ねてもっとのんびりした学校へ転校するために田舎へと引っ越してしまって、それきりだね」

「それきり?」

「彼女はただの常連さんで、連絡先も聞いてないからねぇ。ただ、閉館されることになったときに、もし彼女がいつかここに帰ってきて、この天球館がなくなっているのを見たら、きっと悲しむだろうなぁと思ってしまってね」

「まさかそのために、ここを買い取ったんですか?」

館長の言葉に目を丸くすると、はにかんだ笑顔が返ってきた。

「もちろん、この仕事が好きだったし星空を愛しているっていうのが一番の理由だけどね」

「……それにしたって、いい人すぎます」

本当に館長は、あきれるほどお人好しだ。

優しくて温厚で懐が深くて、星空みたいに包み込んでくれる大きな人。

「仕事での成功や、裕福な生活や、妻や子どものいる家庭。多くの人が思い描く幸せの条件はなにひとつ満たしていないけれど、僕は自分の人生に後悔はしていないし、これはこれで幸せだと思っているよ」

そう言って胸を張る館長に、微笑んでうなずいた。

「いつか、その女の子がまたここに来てくれるといいですね」

できるならその日まで、このプラネタリウムを守り続けたい。

頑張る理由がまたひとつ増えて、胸の辺りがかすかに温かくなった。

「ところで夏目さん。今日はプラネタリウムの仕事はいいからちょっと行ってほしいところがあるんだよね」

館長に言われ、「はい」と返事をする。

行ってほしいところって、どこだろう。観光案内所や役所へおつかいかな？

「もうすぐ迎えの車が来ると思うから」

そう付け足され、ますます疑問になる。

わざわざ車でお迎え？

首を傾げていると、自動ドアの向こうで白い車が停まるのが見えた。

見覚えのある高級車にまばたきした私の横で、館長が笑う。

「あ、ちょうど来たみたいだね」

「ちょうど来たって……、もしかして清瀬さんと出かけろってことですか⁉」

ぎょっとして横を向いた私に、館長はうなずいた。

「清瀬さんから、プラネタリウムのことで夏目さんとゆっくり話がしたいからと頼まれたんだ」

「清瀬さんはここを買収しようとしている敵ですよ？」

「でも、夏目さんのことを口説きたいから彼女をお借りしたいって真剣にお願いされたら、僕でも断れないよ」

「口説……っ！」

館長の言葉に驚きのあまりむせてしまった。

ごほごほと咳き込みながら顔を真っ赤にして首を振る。

「館長、変な言い方しないでください！」

勘違いするな私。口説くっていっても、プラネタリウムの買収を進めたいって意味なんだから。

館長を説得するよりも、私を言いくるめる方が簡単だと踏んだに違いない。

「僕は人の恋路《こいじ》を邪魔するほど野暮《やぼ》じゃないからね」

「恋路って……」

清瀬さんの言葉を間違った方向へ捉え、得意げに胸を張る館長に脱力してしまう。

清瀬さんが思わせぶりな言葉を口にして私に構うのは、自分になびかない女を面白がっているだけで、断じて恋なんかじゃない。

「さ、待たせるのは悪いから、行っておいで」

ぽん、と肩を押され、私はしぶしぶうなずいた。

私が事務所から出ると、清瀬さんが運転席から降りてくる。

ダークグレーのスーツを身に着けている彼は、相変わらず凛としてかっこいい。

「急に誘って悪かった」

憮然《ぶぜん》とした表情の私に向かって、苦笑しながらそう言う。

「館長を通して誘うなんてずるいです」

「じゃあ、次からデートは直接誘うことにする」

「デートって……！」

私が言葉に詰まっているうちに、スマートにエスコートされ助手席に座らされた。

清瀬さんは本当に、人を自分のペースに乗せてしまうのがうまい。

運転席に乗り込みシートベルトを着ける彼を見ながら「どこに行くんですか？」と
尋ねると、「どこだと思う？」と聞き返された。

そんなこと聞かれたって、突然車で迎えに来られてわかるはずがない。

「きっと、真央の喜ぶところだよ」

そう言って、彼は車を発進させた。

しばらく車を走らせてたどり着いたのは、海沿いに建つ古ぼけたコンクリート製の大きな建物だった。

もうしばらく使われていないんだろう。看板は取り外され、なんの施設かわからない。

「ここは……？」

がらんとした駐車場に車が停まり、戸惑いながら助手席から降りた私に「ついておいで」と彼が言う。

迷うことなく進む清瀬さんについて建物の裏手に回ると、ドーム状の銀色の天井が目に入った。

「もしかして、プラネタリウムですか……？」

うちの施設も小規模だけど、外から見る限り、それよりももっと小さくて古そうだ。

前を歩く清瀬さんに問いかけると、振り返った彼がうなずいた。

「そう。一九六十年代に作られたプラネタリウムだ」

「わ、相当古い……。そんな古いところがまだ残っていたんですね」

私が驚くと、清瀬さんが歩きながら続ける。

「施設の老朽化《ろうきゅうか》と地域の少子化で、閉鎖されたらしいけどな」

どうりで。看板も取り外された寂れた建物。

きっともともとは科学館だったんだろう。

鉄筋コンクリート製の二階建ての建物を見上げても人気《ひとけ》はなく、しんと静まった敷地内に私たちの声だけが響く。

「閉鎖された施設に、勝手に入っていいんですか？」

「許可はもらってる」

ためらうことなく進む清瀬さんの後を追うと、職員用の入口らしき小さな扉があり、そこに年配の男性が立っていた。

「清瀬さん。お待ちしていました」

「すみません、無理を言って」

「いいえ、最後にこうやってここを訪れる人がいてくれて、嬉しいですよ」

しわがあるお顔に、さらにしわを寄せて笑うおじいさん。

戸惑いながら私が頭を下げると、にこやかに笑いかけてくれた。

「この科学館の元学芸員の、田端《たばた》といいます」

「あ、坂の上天球館というプラネタリウムで解説員をしています、夏目です」

慌てて挨拶を返す。

「この施設は閉館してしまったんですけどね、取り壊しの予算がなくてそのままになっていたんですよ」

もう電気は通っていないんだろう。田端さんは中に入り、懐中電灯で私たちを案内しながら説明してくれる。

照明のついていないコンクリート製の建物の中は、夏だというのにひんやりとして薄暗い。

灰色の壁に緑色の床。展示物が撤去され、がらんとした中を進む。

「それでもようやく予算の目途《めど》が立ったらしくて、年内に取り壊されることになりました」

「そうなんですか……」

なんで清瀬さんは私をここにつれて来てくれたんだろう。

不思議に思いながら田端さんの後に続く。

すると、えんじ色の両開きの扉の前にたどりついた。

「ここがプラネタリウム室です。ドーム径は八メートル。座席数は約五十」

「約、ですか?」

田端さんの説明に首を傾げると、目の前の扉が開かれた。

電気がついていないから、窓のないドームの中は真っ暗だ。

田端さんが手に持った懐中電灯で中を照らしてくれる。

「わぁ!」

坂の上天球館よりもひと回り小さいプラネタリウムドーム。

中央に設置された年代物の投影機。そして簡素なコンソール。

けれどそれよりもまず目を引いたのは、大きな空間だった。

「座席がない……」

驚きの声を上げた私を、清瀬さんが横目で見ながら微笑んだ。

普通のプラネタリウムなら、当然あるはずの座席がそこにはなかった。代わりに円を描くように壁に沿ってぐるりと長いベンチが設置してある。

「珍しいでしょう。壁沿いのベンチに並んで座るから、座席数は約五十なんですよ」

「へぇ……! こういうプラネタリウム、はじめてです。座ってみてもいいですか?」

私が興奮気味に尋ねると、田端さんは「どうぞどうぞ」と笑ってくれる。

壁に背をもたれ、ベンチに座った。

リクライニングがないけれど、端に座っているからドームの頂点まで見上げられる。星の映っていないクリーム色の天井を見上げて、そこに星空が投影されている様子を想像する。

「座る場所によって、正面の方角がばらばらになるんですね」

固定式の座席なら普通正面が南になるけれど、この座席ならそうもいかないだろう。

「そうなんですよ。だからこの星の右側を見てください、なんて説明の仕方はできなくて、ポインターが大活躍でした」

田端さんが懐中電灯をポインターに見立てて、丸い天井を照らして笑う。

「小学校の社会科見学なんかだとね、誰が最初にお目当ての星座を見つけるか、みんなで空を指差して大騒ぎですよ。普通の座席と違って、隣や正面に座るお友達の顔が見えるから、よけいに盛り上がるんでしょうね」

「すごく楽しそう！」

その様子を想像して、思わず顔がほころんでしまう。

「大人でもね、知らない者同士が肩を寄せ合い空を見上げることなんてそうそうないでしょう？　それぞれ声は出さなくても不思議な一体感が生まれて、なかなか好評だったんですよ」

「もうこの投影機は動かないんですか？」

うちの施設と同じ国内メーカーのものだけど、年代がずいぶん古く、若干小さい。建物と一緒に壊されてしまうんだろうか。

「年代物ですからね。もう製造会社の方でも交換する部品がなくて修理のしようがないと言われてしまいました」

「そうなんですか……。寂しいですね」

中央にある投影機に近づきそっと手で触れる。

「それでも、数えきれないくらいたくさんの人に星空を見せることができましたから、満足していると思いますよ」

田端さんのその言葉に、私も笑顔になる。

「もしよかったらコンソールも見ますか？」

「見たいです！」

「こっちもかなりレトロですよ」

わくわくしながら覗くと、ずらりと並んだアナログのダイヤル式のスイッチに驚く。

「わぁ、うちのとぜんぜん違います」

「ぜんぶ手動ですからね。こっちが緯度変化《いどへんか》、こっちが日周運動《にっしゅううんどう》で、ここで速度調節をして……」

「これを暗闇の中で解説しながら動かしていたんですか？」

「すごいでしょう？」

「すごすぎます！」

めったに見られない年代物のプラネタリウムを前に、経験も知識も豊富な大先輩の話を聞けて私は大興奮だった。

すっかり夢中になって話し込み、気がつけば一時間近く経っていた。

自分の腕時計を見てはっとする。

「すみません。こんなに長い時間、いろいろ聞いてしまって」

「いいえ、大丈夫ですよ。私も話を聞いてもらえて楽しかった」

優しい田端さんにお礼を言いながら、そういえば清瀬さんはどうしているんだろうと青くなる。

わざわざつれて来てくれたのに、彼そっちのけで話し込むなんて最低だ。

慌ててドームの出口の方を見たけれど、姿がなかった。

「清瀬さんなら、さっき電話がかかってきて外に出たみたいですよ」

慌てて探しに行こうとすると、後ろから「本当に優しい恋人ですね」と声をかけられた。

「え、いや、恋人などでは……っ！」

とんでもない勘違いをされて、慌てて首を左右に振って否定すると、田端さんが意外そうに目を開いた。

「夢中でプラネタリウムのことを話すあなたのことを、とても優しい表情で見ていたから、お付き合いされているのかと思いましたよ」

そんなことを言われ、勝手に頬が赤らんでいくのを自覚する。

「今日のこともね、どこからか珍しいプラネタリウムがあると聞いたらしくて、どうしても見せてあげたいからって頼み込まれたんですよ。大企業の副社長にそこまでしてもらえるなんて、一体どんな人なんだろうと思っていました。そして実際にあなたにお会いしたら、こんなに生き生きとした表情で星の話を聞いてくれるから、それは何でもしてあげたくなるだろうなと納得しました」

「そんなことは……」

弱々しく否定しながらも、心が波立って落ち着かなくなってしまう。

清瀬さんはプラネタリウムを潰そうとしている敵なのに、わざわざ頼み込んでまで私をここへ連れて来てくれるなんて。

真っ赤になって口ごもると、電話が終わったのか清瀬さんがこちらに歩いてくるのが見えた。

ドームの出口にいる私たちに気づき、わずかに目を細める。

「清瀬さん……」

「話は終わったか？」

「はい、すごく貴重なお話をたくさん聞けて、勉強になりました」

「よかった」

柔らかな笑みをこぼされ、きゅっと心臓が苦しくなった。

「今日はありがとうございました」と田端さんに頭を下げる。

「こちらこそ。今度、坂の上天球館におじゃましますね」

「はい！　ぜひお待ちしてます」

施設の見回りをして、施錠《せじょう》をしてから帰るという田端さんにもう一度頭を下げて、清瀬さんとふたり車へと向かう。

前を行く、背の高い後ろ姿。

彼は颯爽《さっそう》と歩くイメージなのに、いつもよりもゆっくりと感じるのは、一緒にいる私の歩調に合わせてくれているからなんだろうか。

思い切って手を伸ばし、清瀬さんのスーツの裾をつかんだ。

突然後ろから服をつかまれ、清瀬さんが驚いたように足を止め、振り返る。

「あ、あの清瀬さん、ありがとうございましたっ」

なんだか照れくさくて、清瀬さんのスーツをきゅっと握り、うつむいたまま口を開く。

「このプラネタリウムで田端さんのお話を聞けて、固定された座席がなくてもいいんだって、いろんな形のプラネタリウムの可能性に気づけました」

自分の靴のつま先を見ながらお礼を言うと、大きな手がぽんと私の頭に触れた。

優しく髪をなでられ、なんだか胸の奥がくすぐったくなる。

「本当は、実際にプラネタリウムの投影を見せてやれればよかったんだけどな」

「いえ、あのドームやコンソールを見られただけで、十分です」

それだってすごいことだ。閉館した科学館の中を見学させてもらえるなんて、普通はありえない。

「清瀬さんは坂の上天球館を潰すつもりなのに、どうして私をここにつれて来てくれたんですか?」

おずおずと尋ねると、髪をなでていた手が下りてきた。

私の頬をなぞった長い指が顎に触れると、うつむいていた顔を上げさせられる。

「ただ、真央の喜ぶ顔が見たかっただけだ」

驚いて目を見張った私に、彼は短く笑った。

そのまなざしが甘くて息を呑む。

「私の喜ぶ顔なんて、なんで……」

「好きな女を喜ばせたいと思うのは、当然のことだろ」

「す、好きな……⁉」

さらりと言われた言葉を繰り返し、意味を理解したとたん頭が爆発しそうになる。

涙目になった私を見て、彼が楽しげに笑った。

落ち着け私。

清瀬さんは、地味なくせに自分が口説いてもなびかない女が珍しくて面白がっているだけだ。

からかわれているだけなんだから、真《ま》に受けちゃだめだ。

そう自分に言い聞かせているのに、彼に見られている頬がじわじわと熱を持っていく。途方に暮れて思わず背を向けると、ぽんと頭をなでられた。

「行こう」

空気を変えるようにさらりと言って清瀬さんが歩き出す。普段よりも、ゆっくりとした歩調で。

その姿を見ながら、左胸の下の脇腹《わきばら》の辺りをぎゅっと握った。

つるつるしたカットソーの生地越しに、わずかにわかる凹凸を確かめて大きく息を吐く。

落ち着け。勘違いするな。私には恋愛なんて向いてないんだから。

三回深呼吸をして、ようやくドキドキが収まってきた。

触れていた脇腹からそっと手を離し、先を行く清瀬さんを追いかけた。

「清瀬さん。なにか今日のお礼をさせてください」

彼の横に並んで言うと、小さく眉を上げてこちらを見下ろす。

「俺がしたくてしたことだ。気にしなくていい」

「でも、前も助けてもらったお礼と言いつつ食事をごちそうになってしまったし、借りを作ってばかりじゃ落ち着きません」

「借りって……。本当に真央は負けず嫌いだな」

あきれた口調で言って、少し考え込むように視線をわずかに上向ける。

「じゃあ、次の休日を俺と一緒に過ごしてくれるか？」

予想外の言葉に、そんなことがお礼になるのかときょとんとしてしまった。


翌週の火曜日、私は清瀬さんの自宅でもあるプレアデスホテルのスイートルームにいた。

広いダイニングで綺麗なカップに注がれる紅茶を見ている。

目の前のテーブルには、美しくセットされたアフタヌーンティーがある。

上段のプレートには色とりどりのマカロンや新鮮なフルーツが載ったタルトなどの可愛らしいプティフール。中段には小さなカップに入ったムースや、数種のジャムが添えられたスコーン。

そして一番下のプレートにはローストビーフやキャビアを使った贅沢な一口サイズのサンドイッチ。

「ごゆっくりどうぞ」

白い湯気を立てる紅茶を注ぎ終えたスタッフの男性が、お辞儀をして後ろに下がる。

「あ、ありがとうございます」

私がお礼を言うと微笑みを返してくれた。

身のこなしから受け答えまで驚くほどスマートなスタッフが部屋から出ていくのを見送って、ほぉーっと長い息を吐く。

こんな素敵なアフタヌーンティーをいただくのははじめてだ。

けれど広い部屋の中にひとりきりでは、ありがたみよりも寂しさが勝ってしまう。

今日は清瀬さんに『休日を俺と一緒に過ごしてくれるか?』と言われ、ここのスイートルームへとやって来た。

けれど香港のホテルでトラブルがあったらしく、珍しく焦った様子の清瀬さんから「悪いが少しだけ待ってくれ」と言われてしまった。

彼は今、ドアの向こうにある書斎で仕事中だ。本社や香港の現場とやりとりをしているんだろう。

ひとり待つ私のために、アフタヌーンティーを用意してくれたんだけど、こんなおいしそうなものを前に、誰とも気持ちを共有できないのがなんだか寂しい。

アフタヌーンティーのためだけに作られている一口サイズの美しいスイーツたち。

きっと、甘党の館長が見たら喜んで飛び上がるだろうなぁ。「夏目さんだけずるい!」ってうらやましがられそう……。

そんなことを考えながら一番下のプレートからサンドイッチを取り、紅茶と一緒にいただく。

「おいしい」

思わずつぶやいたものの、もちろん返事は返ってこない。

清瀬さんはこんな大きな会社の副社長だし、忙しいんだろうな。

小さくため息をついてから、気を取り直して背筋を伸ばす。

豪華なアフタヌーンティーを食べられることなんてめったにない。

せっかくの機会だから、ひとりだってとことん楽しんでやる。

たくさんのスイーツを制覇《せいは》するべく口を動かしていると、キイと音を立てて扉が開いた。

「あ、清瀬さん！」

ひとりでもりもり食べる私を見て、書斎から出てきた清瀬さんが少し目を丸くしてから笑みをこぼす。

「俺から誘ったのに放っておいたから、もしかしたら機嫌を悪くしているかと思っていたけど、予想外に楽しんでくれているみたいでよかった」

「はい。せっかくなので、遠慮なくいただいてます。お仕事は片づいたんですか？」

「ある程度」

私の質問にさらりと答える。

いつもはっきりとものを言う清瀬さんが『ある程度』と濁すくらいだから、やらなきゃいけないことがまだ残っているんだろう。

だけど、私に悪いからと出て来てくれたんだ。

清瀬さんの気遣いを察して、さっきまで感じていた寂しさが消えていく。

「あ、清瀬さんも少し食べませんか？　甘いものは……」

「あまり得意じゃない」

「じゃあ、サンドイッチを」

そう言って、お皿にサンドイッチを置いて差し出そうとすると、近づいてきた清瀬さんがテーブルに片手をついて上体をかがませる。

今日は白いシャツにベスト姿で、かがむとネクタイがはらりと垂れた。

それだけなのに、妙に無防備な感じがする。

「あ、の……」

戸惑いながら視線を上げると、「食べさせて」と言ってこちらを見た。

食べさせるって、私が……？

一瞬戸惑ったけど、今までお仕事をしていた清瀬さんに自分で食べろというのも失礼かと思い、おずおずとサンドイッチを口元に差し出す。

わずかに首を傾け、口を開く清瀬さん。

唇の間から綺麗に並ぶ白い歯が見えた。

ドキッとしてサンドイッチを持つ手が震えると、彼は喉の奥で小さく笑って私の手首をつかむ。

そして食べやすいサイズにカットされたサンドイッチをひと口で食べてしまう。

咀嚼《そしゃく》するたび動く顎のライン。ごくりと上下する喉仏《のどぼとけ》。

長い指で口元を軽く拭《ぬぐ》うと、ようやくつかんでいた私の手首を離してくれた。

呆然とする私に気づいた清瀬さんが「どうした？」と不思議そうに問う。

「なんだか、ライオンに餌付《えづ》けしてる気分でした」

「なんだそれ！」

私の素直な感想に、清瀬さんが吹き出すように破顔《はがん》する。

だって、サンドイッチだけじゃなく、私も丸ごと食べられてしまうんじゃないかと思った。心臓が、ものすごくドキドキしてる。

「真央、少し遅くなったけどどこか行くか？」

私の髪をひとすじ取り、手の中で遊ばせながらそう聞いてくれた。

首筋に長い指がかすかに触れる。それだけで、背筋の辺りがくすぐったくて落ち着かない気分になる。

「いえ、今日はいいです」

なんとか平静を装いながら答えると、清瀬さんが「え?」とまばたきをした。

「お仕事、まだ残ってるんですよね。私に気を遣わないで、どうぞ片づけちゃってください」

「でも……」

「もともとお礼をしたくて来たのに、私が邪魔で仕事が進まなかったらさらに借りを作っちゃうじゃないですか。あ、なにかお手伝いすることないですか? 雑用でもお片づけでも、なんでもしますよ」

私がそう言うと、清瀬さんが笑った。

「真央の言葉はいつも上辺だけの社交辞令じゃなく、本心からそう思ってるのが伝わってくるな」

「当たり前です。清瀬さんに社交辞令を言っても仕方ないですし、このまま一方的に借りが増えていくよりも、こき使われた方がずっといいです」

そう言って胸を張ると、清瀬さんが笑ってうなずいた。

「じゃあおいで」と私を立ち上がらせる。

リビングに面した扉を開くと、背の高い本棚の設置された書斎。

三人掛けのソファやセンターテーブルが置かれたプライベートなリビングスペース。

その奥に寝室が見えた。

わずかに乱れたベッドの上に、無造作に置かれたスーツの上着。

清瀬さんはいつもあそこで寝ているんだ……。

そう思うだけでなぜか少し緊張してしまう。

慌てて目を逸らすと、清瀬さんがソファの置いてある方を指差す。

「あそこにある本を、整理してもらってもいいか？」

美しく整然としていたメインのリビングとは違い、こちらは本や書類で溢れていた。

「わかりました。私が見ない方がいい書類はありますか？」

念のため尋ねると「大丈夫だ」とうなずかれ、それなら思う存分整理しようと腕をまくる。

「私は勝手にやってるので、清瀬さんは気にせずお仕事に専念していてくださいね」

言いながら清瀬さんを書斎に追いやると、彼は楽しそうに笑った。

とりあえずソファやテーブルに乱雑に積み上げられた本を並べていく。

ホテル関係や経営学、デザインや建築に関するものまで、日本語だけでなく英語やフランス語、中国語、いろんな国で出版された本がある。

これぜんぶ、清瀬さんひとりで読むのかな。

去年までは香港にいたらしいし、前もすごく流暢な英語を話していたっけ……。

とりあえず出版された国ごとに分け、さらに表紙を見ながら本の内容を想像してジャンルごとに分類する。

本棚に並べる順番は言語ごとがいいのかジャンルごとがいいのか、一度清瀬さんに確認してからしまおう。

そう思いながら、本とは別にある書類をまとめる。すると、改装中のオーベルジュの内装デザインが目に入った。

古い商館の重厚な雰囲気を生かした、優雅で広々としたメインダイニング。坂の上という立地と美しい庭を生かしたガーデンルーム。そしてゆったり過ごせそうな上品で温かなゲストルーム。

すごい、こんな素敵なオーベルジュができるんだ。

思わず感激して息を吐くと、「どうした？」と後ろから声をかけられた。

「あ、すみません。つい見入ってしまって」

慌てて謝る私に、清瀬さんが近づいてくる。

肩越しに私の手の中の資料を覗き込んで、納得したようにうなずいた。

「これ、私が見ても大丈夫な資料ですか？」

「あぁ。完成予想図はもう公開されてるからかまわない」

そう言われ、安心してオーベルジュの資料を見る。

「素敵ですね。あの坂の上にこんな夢みたいな場所ができるんだと思うと、わくわくします」

「無事にできるかはまだわからないけどな」

その煮え切らない口調に振り返る。

「――なにか問題があるんですか？」

「いろいろな。式場にする予定だった施設に買収を拒まれたり」

反射的に顔をしかめると、「ははっ」と清瀬さんが笑った。

「そう簡単に天球館は潰させませんから」

言い返す私を、清瀬さんは驚くくらい穏やかな表情で見つめる。

「わかってる。君たちにとってあそこが大切な場所だっていうのは」

そんなことを優しく言われてしまったら、どうしていいかわからなくて困る。

私は慌ててうつむき、資料を見る振りをした。

「プレアデスグループは、どうしてオーベルジュをオープンすることになったんですか？」

なんとなくそう質問すると、予想外の答えが返ってくる。

「俺のわがままだ」

「わがまま……？」

「プレアデスホテルは自社のブランドを強く打ち出し、グループ内のどこのホテルに泊まっても最高級の空間とサービスを提供することを理念としている。いつ、誰と宿泊しても、どの従業員が担当しても、同じように最上の時間を過ごしてもらえるように――」

詳しくはわからないけれど、各地にあるホテルで働くスタッフを合わせれば、数千人になるだろう。

その一人ひとりに高い志を持って働いてもらうのは、簡単なことではないはず。

「すごいですね」

率直に感想をこぼすと、清瀬さんが私の肩越しにオーベルジュの完成予想図を見つめた。

「国内外合わせてすべてのホテルでその理念を守り続けるのはすばらしいことだ。だけど、どこへ行っても同じというのは、一方でそれぞれの個性や可能性を殺しているということでもある」

「個性や可能性？」

「もっと、その場所でしか味わえない感動と驚きを体験できる施設を作りたいと思った」

「それが、あの坂の上のオーベルジュ……」

改築中の商館を思い描き、思わずため息がこぼれた。

「どこか懐かしい気持ちになれるあの街の景色や雰囲気。少数のゲストのために地元の食材をふんだんに使い、惜しみない手間をかけて作られた料理。スタッフ一人ひとりがそれぞれ考え、画一的ではないサービスを提供し、訪れたゲストには自分だけの隠れ家に来たような特別な時間を過ごしてもらう」

「豪華できらびやかなプレアデスホテルでは、体験できない時間ですね」

「そういう新たな施設を作れば、プレアデスグループ全体としても今まで以上にゲストに満足してもらえるんじゃないかと考えた」

清瀬さんの熱い想いを聞いて、胸が高鳴ってしまった。

プレアデスホテルだってあんなに素敵なのに、彼はより上質で特別な場所を作り上げようとしているんだ。

最初に言葉を交わしたときは、目的のためには手段を選ばない冷たい御曹司だなんて思っていたけれど、彼には彼の信念があったんだ。

「素敵ですね……」

そうつぶやいて視線を上げると、清瀬さんと目が合った。

驚くほど近くで微笑みかけられて、一気に鼓動が速くなる。動揺して体が揺れると、背中にたくましい胸が触れた。

それだけで情けないいくらい体温が上がってしまう。

慌てて視線を落とすと、資料の端にプリントされたプレアデスグループのエンブレムが目に入る。

アルファベットのPに、七つの星が添えられた上品なデザイン。

「そういえば、清瀬さんの名前って、プレアデス星団の和名が由来ですか?」

プレアデス星団。空に光る青白い星の集団で、日本語だと昴と呼ばれている。

『プレアデスグループ　副社長　清瀬昴』そう印刷された名刺をもらったときに、凛とした雰囲気を持つ彼にぴったりの名前だと思った。

「実は少し前まで、その名前はあまり好きじゃなかった」

私の言葉に、清瀬さんが短くそう言う。

驚いて振り返ると、彼は私の肩越しに、資料に印刷されたプレアデスのロゴマークを見つめていた。

「ひとり息子として幼い頃からグループの後継者になるための教育を受けてきて、名前まで社名をそのまままつけられて、自分の存在価値は会社を継ぐことだけなんだと思ってきた。だから余計に親父の作り上げたものを受け継ぐだけじゃなく、新規事業を立ち上げて自分の可能性を試したくなったのかもしれないな」

淡々とした口調に、逆に彼の本音がにじんでいる気がした。

ひどく無防備な彼の本質に触れた気がして、どういうリアクションをしていいのかわからなくなる。

自分の可能性と言った彼の言葉に重みを感じた。

敷かれたレールではなく、自分で選択して自分の道を歩きたいという清瀬さんの気持ち。

本当の彼を知れば知るほど、最初に受けた印象はどんどん変わっていく。

彼の新たな一面を見るたびに、どうしようもなく惹かれていく自分に気づいて、ひどく動揺した。

プレアデスグループの御曹司である清瀬さんに惹かれたところで、相手にされるわけもないし、もともと違う世界に住む人だ。

オーベルジュがオープンしてしまえば、きっと東京の本社に戻るんだろう。

そうすれば、今みたいに頻繁に会うことなんてなくなる。

そんなことを考えると、胸の辺りが苦しくなった。

「私はいい名前だと思いますよ。昴、好きです」

気を取り直して言うと、清瀬さんがくすりと短く笑った。その吐息が優しくて、さらに胸を締めつけられた。

「いつかプラネタリウムの解説でもそう言っていたな。星の中で昴が一番好きだと」

「え……？　それ、いつの話ですか？」

昴は冬の星だから、最近はそんな話はしていないはずだ。

不思議に思う私に、清瀬さんは答えてくれなかった。

彼は黙ったまま わずかに身を屈め、後ろから私の肩に頭を預ける。

ふいに背中に体温と重みを感じて、心臓が逸り出した。

「清瀬さん……？」

頬に、清瀬さんの柔らかい髪が触れた。

戸惑いながら振り返ろうとしたけれど、長い腕が腰に回って動けなくなる。

「真央、好きだ」

ささやくように言われ、目を見開いた。

胸に言葉にならない感情が押し寄せて、どうしていいのかわからなくなってしまう。

「す、好きだなんて。からかわないでください……」

なんとか絞り出すようにつぶやくと、抱き締める手に力を込められた。

「からかっているように聞こえるか？」

耳元のすぐそばで問いかけられ、みるみる体温が上がっていく。

だって、清瀬さんが私を好きだなんて。

一流企業の後継者で、仕事もできてかっこよくて。

ホテル業界のプリンスなんて呼ばれる雲の上の存在の人が、私なんかを本気で好きになるはずがない。

そう思っているはずなのに、胸を打つ鼓動が激しすぎて、脈に合わせて手が震える。

その震える手をぎこちなく動かし、服の上から自分の脇腹に触れた。

わずかにだけど不自然な凹凸のある自分の肌を、確認するようになぞり深呼吸をする。

そこにあるのは六年前、自分には恋愛は向いてないんだと思い知らされた深い傷。

だめ。本気にしちゃ。

私はもう、恋をしないと決めたのに……。

「真央」

耳元で甘い声で名前を呼ばれ、背筋が溶けてしまうかと思った。

おずおずと横を見れば、至近距離で清瀬さんがこちらを見つめていた。

視線が合い、息を呑む。

清瀬さんが瞳の奥を覗き込んでくる。

ふたりの間の空気がぎゅっと濃密になり、時間が止まったように感じた。

清瀬さんが私の唇を見ているのがわかった。自然と私も清瀬さんの形のいい唇に視線が向いてしまう。

触れられてもいないのに、緊張で唇が小さく震えた。

そのとき、部屋に来客をつげるインターフォンのチャイムが響いた。

びくっとして体を硬くする私とは対照的に、清瀬さんはゆるゆると顔を上げ、うんざりした表情を浮かべる。

「……自宅兼執務室はこういうときはひどく不便だな」

不満そうに言いつつ、私の腰に回した腕をほどこうとしない清瀬さん。

その間もインターフォンは鳴り続け、私は清瀬さんの腕から脱出しようと必死にもがく。

「だ、誰か来ましたよ！　早く出てくださいっ」

なんとか体を離すと同時に、ガチャリとメインリビングから続く扉が開いた。

振り返ったそこに立っているのは、スーツ姿の女性。清瀬さんの秘書だ。

「――副社長、よろしいですか？」

そう言いながら入ってきた彼女は、プライベートなリビングスペースで向かい合う私たちを見て、不満げに眉を上げた。

「三木《みき》。勝手に部屋に入っていいと許可した覚えはないが？」

不機嫌な声で言った清瀬さんに対して、女性秘書の三木さんは優雅な仕草で頭を下げる。

ゆっくりと顔を上げた三木さんが、頬にはらりとおちた髪を耳にかけ、私の方へと視線を投げる。

淡いグレーのスーツに、ベージュのパンプス。アクセサリーは耳元のピアスだけというシンプルな服装なのに、綺麗に波打つ髪や、美しい顔立ち。そして品のある立ち居振る舞いのせいか、ものすごく華やかに感じる。

洗練された雰囲気の彼女にじっと見据えられ、居心地が悪くなって目を逸らすと、くすりと小さく笑われた。

その笑い声にわずかに侮蔑《ぶべつ》が含まれているように感じて、喉の奥がきゅっと苦しくなってしまう。

三木さんは視線を私から清瀬さんに戻すと、落ち着いた声で話し出す。

「失礼しました。社長より伝言がありましたので」

「父から？」

「オーベルジュの進捗の遅れを不満に感じておられるようです。シェフ引き抜きの件や隣接する施設買収の件、資金は十分に用意してあるので早急に進めるようにと」

秘書の三木さんの言葉に、私は眉根を寄せる。

金を積んでもいいからさっさと解決しろということだろう。

「またその話か。自分のやり方で進めると何度言ったら……」

「今晩本社からこちらにいらっしゃるそうです」

それを聞いた清瀬さんは、短くため息をついた後「わかった」とうなずいた。

「それでは、夏目さん、でしたかしら？」

彼女のするどい視線がこちらに流れてきて、驚いて「はい」と返事をする。

「副社長は多忙ですので、今すぐお引き取り願えますか」

「三木！」

三木さんの言葉を、清瀬さんが低い声で遮った。私は慌ててふたりの間に入り、険しい顔の清瀬さんをなだめるように笑ってみせる。

社長がここに来るというのは、ただ親子で仲良く食事を、なんて雰囲気ではないのだろう。副社長として、準備が必要なはずだ。

「私は大丈夫です。ちょうどそろそろ帰ろうと思っていたので」

「では私が家までお送りします」

そう言ってくれた三木さんに驚いて首を横に振る。

「いえ、ひとりで帰れるので大丈夫です」

三木さんが私を快く思ってないのは表情や態度からひしひしと伝わってくる。彼女に送ってもらうのは心苦しいし、正直気まずい。

「では、下のエントランスまでお送りしましょう」

私の背中を押すようにして歩き出す三木さん。

きっと清瀬さんのいないところで私に言いたいことがあるんだろうと察してうなずいた。

自分が送ると言う清瀬さんを押し止め、お礼を言って慌ただしく部屋を出た。

重厚な両開きのドアが閉まったとたん、三木さんの視線がすっと鋭くなる。

「夏目さん」

冷たい声で名前を呼ばれ、思わずごくりと息を呑む。

「副社長の気まぐれに浮かれているあなたにこんなことを申し上げるのは失礼かもしれませんが、あなたと副社長は住む世界が違いますから。どうか勘違いなさらないでくださいね」

「勘違いなんて……！」

見下すような言葉に、思わずむきになって言い返そうとしてしまった。

顔を赤くした私を見て、三木さんが冷笑する。

感情的になってはだめ。清瀬さんはプレアデスグループの副社長で、天球館を買収しようとしているんだから。

そんな人に気まぐれに優しくされたからって浮かれてなんていないし、『好き』なんて言葉も真に受けたりなんかしない。

深呼吸をして、冷静になろうと努める。

「夏目さんが勘違いされてないのでしたらいいんですけど。身分もわきまえず、そんな服装でプレアデスのスイートへやって来るような図々しい方ですから、一応忠告しておいた方が親切かと思いまして」

「図々しい……?」

あきらかに悪意のこもった口調にむっとしてしまう。

「副社長はあなたのようなタイプが今まで周りにいなかったから、珍しがっているだけです。あなたに構うのはここにいる間の単なる暇つぶしで、オーベルジュが軌道《きどう》に乗れば彼が本社に戻るのは決まっていますので」

その言葉がずしりと胸に重くのしかかった。

清瀬さんがこの街にいるのは、オーベルジュがオープンして運営が安定するまでの数ヶ月だけ。

そんなこと、最初からわかっていたはずなのに。

「彼が本社に帰れば、住む世界が違うあなたとは顔を合わせることはなくなるでしょう。くれぐれも、自分が彼に好意を持たれているかもしれないなんて、思い上がった勘違いをしないでくださいね」

わざわざ言われなくたってわかってる。

自分でだって心の中で何度もそう言い聞かせてきた。

それなのに、他の人から言われるとどうしてこんなに胸が痛むんだろう。

「……安心してください。勘違いなんて、していませんから」

絞り出した自分の声は、驚くほど硬かった。

星空の下でキス

「夏目さん、夏休みの工作の参加希望者、順調に集まってるよ」

「本当ですか？」

職場に行くと、館長にそう声をかけられ顔を輝かせる。

「定員は十名の予定だったけど、もっと集まるかもしれない」

「わぁ嬉しい。簡単な工作ですし、少しくらいなら定員オーバーしてもいいかもしれませんね」

参加希望者のリストを受け取り、目を通す。

子どもたちにもっと気軽にプラネタリウムに来てほしいと企画した工作教室。待合室で簡単な工作をしてからプラネタリウムで星座解説をする予定だ。

参加してくれた子どもたちに楽しんでもらえるように頑張ろう。

胸の前で小さくこぶしを握り気合いを入れる。

スイートルームで清瀬さんの手伝いをしてから三週間が経っていた。

見学させてもらった科学館をヒントに、いっそ古い座席をぜんぶ撤去してしまおうかと館長と話し合ったり、夏休みの工作教室を企画したり大人向けの天体観測会を開いたり。

少しでもお客さんが増えるように奮闘中だ。

「やっぱりプラネタリウムや天体観測だけじゃなく、もっと気軽に星に触れる機会を作るっていいね」

館長の言葉にうなずいた。

「本当ですね。プラネタリウムのない地域に行って、星空の出張教室みたいなのを開いたりもしたいですね」

自分がプラネタリウムや天文台のない田舎育ちだからなおさら思う。

もっといろんな場所でいろんな人に星の美しさや面白さを伝えていきたい。

そんなふうに考えるのも、もしかしたら、強い信念を持って働く清瀬さんの影響かもしれない。最近そう思うようになった。

ふいに手を止め自動ドアの方を見遣る。

誰もいない、閉じられたままの自動ドア。

そこから入ってくる背の高いシルエットを想像して、慌てて首を横に振った。

スイートルームで会って以来、清瀬さんとは一度も顔を合わせていない。

私に向かって『好きだ』なんて言ったくせに、まったく音沙汰なし……。

やっぱりからかわれただけだったんだ。

そんなことわかりきっていたはずなのに、少し面白くない気分になる。

別に清瀬さんに会えなくたってなんの支障もないんだけど、これほどモヤモヤするのは、帰り際に秘書の三木さんにあんなことを言われてしまったからだ。

清瀬さんがここにいるのはあと数ヶ月。私はその間の暇つぶしにすぎないんだ。

はぁーっとため息をついた私に、館長が声をかけた。

「清瀬さんはここのところ忙しいみたいだよ」

まるで考えていることを見透かされたようで、ぎょっとして手にしていたリストを落としそうになる。

「な、なんですか、いきなり⁉」

「だって最近夏目さん、誰かを待ってるみたいに入口の方を見てはため息をついてるから」

「べ、別に、お客さんが来ないかなーって思っていただけですよ」

取り繕うように早口で言って、リストを館長に返す。

突き返されたリストを慌てて受け取った館長は、目元にしわを寄せて笑った。

「清瀬さんね、香港のホテルを任せていた支配人と現地スタッフの意思疎通がうまくいかないから現地に飛んでフォローに入ってたんだって。で、帰国後は本社に戻ってたくさんの業務や会議をこなして、副社長として招待されるイベントやパーティーに参加して、さらにオーベルジュのオープンの準備も進めて。目が回るくらい忙しいから、なかなかこっちに顔を出せないいんだって」

「……ていうか、なんで館長が清瀬さんと連絡取り合ってるんですか⁉」

館長の口から出てきた清瀬さん情報に思わずぎょっとする。私は彼の連絡先も知らないというのに。

「おや、うらやましいかい？」

「べ、別に、うらやましくないですけど！」

うらやましいわけじゃなく、ここを買収しようとしている会社の副社長とそんなに親しくなっているのが不満なだけだ。

「香港のお土産にチョコレートを買ったから、今度持って来てくれるって言ってたよ」

甘党の館長はチョコレートに簡単に懐柔《かいじゅう》されてしまったらしい。

うきうきした様子に思わず脱力してしまった。

「それでは夏休みの工作教室をはじめたいと思います」

私がそう言うと、「はぁい！」と元気な返事が返ってきた。

普段は待合室として使っているスペースに五つの長テーブルを並べ、ひとつのテーブルに三人ずつ。合計十五人の小学生が参加してくれた。

近くに住むサッカー少年の大輝くんも来ている。目が合うと、にっと白い歯を見せ小さく手を振ってくれた。

「今日は空き缶を使ってキャンドルホルダーを作ります。缶の縁《ふち》はギザギザしていて危ないし、釘《くぎ》やハンマーも使うから十分注意してください」

コーンやフルーツが入っていた大きめのスチール缶に、釘とハンマーを使って穴を開けていく。

「こうやって小さな穴を開けて、好きな星座を象ってみてください」

見本に作ったキャンドルホルダーを掲げてみせる。北斗七星《ほくとしちせい》やオリオン、カシオペアに白鳥座《はくちょうざ》。子どもたちでも知っていそうな、わかりやすい星座を配置してみた。

この中でキャンドルを灯せば、細かな穴から光が漏れて、夜空に光る星のように暗闇の中に星座の形が浮かび上がる仕組みだ。

「お姉さん！　好きな形の星座にしていいの？」

大輝くんに質問され、本当は星座図鑑や写真を見て、実際の星の並び通りに穴を開けてもらおうと思ったけど……と少し考えてから口を開いた。

「いいよ！　自分の好きにやってみて」

「じゃあ俺サッカーボール座作ろっと」

がぜんやる気になった大輝くんに、隣にいるお友達が突っ込む。

「なんだよ、サッカーボール座って」

「いいじゃん」

ケラケラと楽しそうに笑うふたりに話しかける。

「いいと思うよ。昔の人も不規則に並ぶ星を見て、勝手にあれは何座って想像して決めていたんだし」

「勝手に決めたの？」

「北半球の星は神話に基づいたものが多いけど、南の星はもっと適当な感じなんだよ」

興味津々で聞き返されて、うなずきながらテーブルに置いてある星座図鑑を開く。

「本当だ。コンパスとか時計とか、あとハエっていう星座もある！」

「ハエ座って！」

そのやりとりで星座に興味を持ったのか、みんなそれぞれに星座図鑑を開いて面白い星の並びを探しはじめる。

「星座の形を決めたら、穴を開ける場所にペンで印《しるし》をつけてね。穴を開けるときは危なくないように大人の人に付き添ってもらうから、この優しそうなおじさんのところに行ってください」

そう言ってハンマーや釘を用意したテーブルを指すと、作業着を着てやる気満々の館長が両手を振る。

「じゃあみんな好きな星座を考えてみて。なにかあったら声をかけてね」

「はーい」

わいわいと賑やかな声が待合室に響く。

テーブルの間をゆっくり歩きながら様子を見て回っていると、自動ドアの開く音がした。

振り返ると、清瀬さんがいつもとは違う活気ある光景に目を丸くしていた。

「大賑わいだな」

「今日は工作教室なんです」

近づいて説明すると、なるほどと納得したように辺りを見回す。

今日はお休みなのかな。

いつもはスーツ姿の清瀬さんがカジュアルな格好だった。

白いコットンのシャツに細身のデニム。シンプルな服装が彼のスタイルの良さを引き立てていて、思わず見惚れてしまう。

すると私の視線に気づいたのか、こちらを向いた清瀬さんと目が合う。ふわりと笑われて、慌てて顔を伏せた。

勝手に速くなる鼓動に深呼吸をしながら、落ち着け、落ち着けと、心の中で繰り返した。

「そういえば、これ」

清瀬さんが上品な紙袋を差し出した。

紙袋の中の綺麗な箱に入っているのは、きっとチョコレートだ。

「あ、ありがとうございます。館長から清瀬さんは香港に行ったり本社に戻ったり、忙しくしているって聞いてました」

「あぁ。俺も聞いていたよ。真央が、俺が来るのを待って入口の方を見てため息ばかりついていたとか、長谷館長と俺が連絡取り合っているのを知ってやきもち妬《や》いて怒ってたとか」

「はぁ……!?」

館長、そんなことを清瀬さんに言ったの？　しかも事実が思い切り歪《ゆが》められて伝わってるし！

目をむく私を見て、清瀬さんがいたずらっぽく笑う。

館長め。このチョコレートは没収だ、ぜんぶ私ひとりで食べてやる――。そんなことを思っていると、背後から声が聞こえた。

「え、みんなもう印つけたの？　順番に穴を開けるから、ちょっと待っててね！」

館長の慌てた声に振り向くと、ハンマーや釘を用意したテーブルの前に子どもたちが列をなしていた。

「なにを作るんだ？」

「空き缶にハンマーと釘を使って穴を開けて、星座のキャンドルホルダーにするんです」

不思議そうな清瀬さんに短く説明してから、館長のもとへと駆けつける。

「しっかり缶を固定しないと危ないから、勝手にやらないようにね」

興味津々でハンマーに手を伸ばす子どもたちに声をかけると、清瀬さんが「手伝う」と言って私の前に入ってきた。

シャツの袖口をまくり上げながら、館長の隣に腰を下ろす。

「こっちでも穴を開けるから、二列に並んで」

「あ、清瀬さん。助かります！」

ひとりじゃ対応しきれず慌てていた館長が、助っ人の登場に顔を輝かせる。

「こっちは俺がいるから、真央はあっちのテーブルの方を」

きょとんとしている私にそう指示して、子どもたちに向き合う清瀬さん。

「ハンマーをもっと短めに持って……、指を打つなよ」

なんて素っ気なく言いながらも、見守る視線は柔らかくて、なんだかドキドキしてしまう。

ほとんどの子どもはもう印をつけて穴を開ける順番を待っていて、テーブルで作業をしている子は少数だ。

そのなかで、さっきからちっとも手を動かしていない子がいるのに気づく。

じっと星座の図鑑を眺めている、眼鏡をかけた小柄な男の子。

なにかに迷ったり、困ったりしているのかな。

私が声をかけようとしたとき、一番乗りで缶に穴を開けた男の子ふたりがひやかすように彼の手元を覗き込んだ。

「こいつまだなにもしてないじゃん！　俺なんてもうできたよ」

「圭人《けいと》は学校でも、いつものろくてぼんやりしてるもんなぁ」

男の子は圭人くんというらしい。

ふたりの男の子は彼の前に開いてあった図鑑を持ち上げ、大きな笑い声を上げる。

「あ、返して……」

「お前こんなのじっと見てなにが楽しいんだよ。変なの」

からかうような大きな声が響き、それぞれ違うことをしていた子どもたちも、不穏な空気を感じ取り表情を曇らせた。

このままじゃ良くない。やめさせなきゃ。

そう思った私の横を、広い歩幅ですり抜けていく人影。

「友達の興味のあることを理解しようともしないで否定するなんて、つまらないと思わないか」

清瀬さんが静かな声で言って、からかう男の子の手から本を取り上げた。

その言葉を聞いて圭人くんも男の子たちも驚いたように目を見張る。

黙り込んだ男の子たちにお説教をするのかなと思っていたら、清瀬さんは手にした本を開き、「へぇ、綺麗だな……」と感心したようにぽつりとこぼした。

意味がわからずきょとんとする圭人くんに、清瀬さんは持っていた本を返しながら話しかける。

「このページを見ていたんだろう？　すごいな。銀河《ぎんが》や星雲は知識としては知っていたけど、こんなに綺麗なものだとは思わなかった」

そこにはいくつもの光が渦を巻く棒渦巻銀河《ぼううずまきぎんが》や、赤い光の帯の中で頭をもたげた馬のシルエットのような馬頭星雲《ばとうせいうん》といった美しい宇宙の姿が載っていた。

圭人くんはこれに見惚れていたんだ。

清瀬さんの言葉につられて、からかっていた男の子たちが開かれた本を覗く。

「わ、なにこれ。ＣＧじゃなくて本当にこんなものが宇宙にあんの？」

「ゲームの世界みたい」

地上ではありえない不思議な造形や色彩に彼らも一気に目を奪われる。

「でしょ？　この色とかすごいよね。どのくらい大きいんだろう。触ったら、どんな感触なんだろう」

「やばい。想像できねぇ！」

「でもなんかわくわくする！」

いつの間にか圭人くんも一緒になって、頭を突き合わせるように一冊の本に夢中になっていた。

さっきまでの雰囲気がうそのように、清瀬さんのひと言で一気に和やかになった。

ありがとうございます、とお礼を言おうと顔を上げると、清瀬さんはもうこちらに背を向けていた。

「ちゃんと待ててえらかったな」

並んでいた子どもたちに声をかけ、ハンマーを持つ手を見守る。

その姿を見ているだけで、胸の辺りが苦しくなってしまった。

鼻の奥がつんと痛くなって、私は慌てて手で顔を覆った。


「じゃあ、無事に工作も完成したし、最後にみんなでプラネタリウムを見たいと思います」

そう言って、プラネタリウム室に移動する。

今日の夜空を映し出しながら子どもたちに話しかけた。

「今日の工作で、みんなはなんの星座を作った？」

「私、しし座だからしし座の形にした！」

元気に返事をしてくれた女の子に「しし座なら、ちょうど今頃が誕生日だね」と声をかける。

「生まれた日によって決まる十二星座は、そのとき太陽と一緒に上ってくる星座と決められているので、お誕生日の季節は太陽がまぶしくて見ることができないんだよ」

そう言うと、「えー」とがっかりしたような声が上がる。

「だけど、おひさまと一緒に自分のことを見下ろしてくれていると思ったら、ちょっと星座を身近に感じませんか？　自分の星座を見たい場合は、誕生日の三ヶ月くらい前の夜空を探してみてください」

投影機を操作して夜空にしし座を浮かび上がらせる。

「しし座を探すときにはまず春の大三角《だいさんかく》を見つけるとわかりやすいです。三角形の右下にあるこの明るい星がしし座のしっぽになります」

ポインターを使ってしし座の形をなぞってみせると、「あ！　あそこが顔であそこが前足だ」なんて声が上がる。

「しし座はネメアの谷に住む人食いライオンだったなんて神話が伝えられていますが、前足をちょこんとそろえて星空に上ってくるしし座、ちょっとかわいく見えますよね」

なんて子どもたちの反応を見ながら星座解説をしていると、コンソールの近くに座っている清瀬さんと目が合った。

優しい表情で見つめられ、なんだか胸がくすぐったいような気分になった。

子どもたちが帰った後、工作教室の片づけをして、一緒になって手伝ってくれた清瀬さんにお礼を言う。

「清瀬さん忙しいのに、最後まで手伝ってもらっちゃってすみません。本当にありがとうございます」

「いや、大して役には立てなかった」

「そんなことないです。すごくありがたかったです」

とくに圭人くんのこと。大人が口を出して謝らせるよりも、子ども同士が歩み寄れる方がずっといい。

清瀬さんの言葉で彼らが自然と打ち解けられたのが嬉しかった。

それに、マイペースな圭人くんを否定しなかった清瀬さんの態度に、私まで救われたような気持ちになった。

感極まりそうになって鼻をすすると、清瀬さんが不思議そうに尋ねる。

「どうした?」

そう問われ、慌てて首を左右に振る。

「いえ、なんでもないです。それより今日のお礼をさせてください」

「別に俺がしたくてしたことだから、お礼なんていい」

「だけど、こうやって借りだけが増えていったんじゃ、私の気が済まないです。代わりに『坂の上天球館を引き渡せ』なんて言われても困りますし」

わざとぶっきらぼうに言うと、清瀬さんがあきれたように笑った。

「……そうだな、じゃあまた一緒に食事をしてくれるか？」

「それがお礼になるとは思えないですけど……」

「俺がそうしたいんだ」

戸惑いながら口ごもると、清瀬さんがぽんと私の頭をなでた。

大きな手の感触に、ドキドキしてしまう。

「き、清瀬さんがそれでいいなら」

「わかった。じゃあ今夜またここに迎えに来る」

しぶしぶという口ぶりで了承した私だけど、本当は心が落ち着かなかった。


二十時に仕事を終え、迎えに来てくれた清瀬さんの車でどこかに向かう。

見えてきたのは美しいビル。プレアデスホテルだ。

前のように清瀬さんのお部屋で食事をするのかな。そう思っていると、エレベーターはスイートルームではなく、三階で止まる。

ホテルの一階から五階までは、ロビーやレストラン、海外ブランドのショップなどの商業施設やバンケットルームなどがあり、六階から三十二階までが客室、そして最上階にスイート宿泊者専用のバーやスパがある。

一体どこに行くんだろうときょろきょろとしている私が連れていかれたのは、美容室やエステを備えたサロン。

清瀬さんと私が店内に入ると、受付のスタッフが笑顔で迎えてくれる。

「あの、清瀬さん……？」

食事をという話だったのに、どうしてこんなところに。

「この前は俺が誘ったのに仕事が入ってしまったから、そのお詫びだ」

「えっ、お詫び？」

わけがわからず目を瞬かせる私を、スタッフの女性が「こちらへどうぞ」と店の奥へと案内してくれる。

私ひとりで行くの？

心細くて助けを求めるような視線を清瀬さんに送ると、彼は楽しげに笑っていた。

待ち構えていたスタッフに取り囲まれるや、服を脱がされ髪をほどかれ、まるで嵐の渦のなかに放りこまれたような気分だった。

流れるような彼女たちの仕事を邪魔しないようにただじっとしていると、胸元にネックレスがつけられる。

「どうぞ」と言われて全身鏡の前に連れていかれると、美しくドレスアップした自分がそこにいた。

肩やデコルテがあらわになったカクテルドレスは、上品なネイビー。

オフショルダーの上半身は繊細なレースで覆われていて、きゅっと絞られたウエストから広がる膝下までのスカートは、光沢《こうたく》を放つサテン生地。

少し露出が多いけれど、上質な素材と落ち着いた色合いのせいかとても大人っぽく優雅に見える。

そして大きく開いた胸元と耳元には、まるで星のように輝く華やかなジュエリー。

恐る恐る指で触れる。

ネックレスには数えきれないくらいたくさんの石が使われていて、イヤリングはびっくりするくらい大粒だ。

もしこれが本物の宝石だとしたら、一体いくらするんだろう。

「あの、これって、ダイヤモンドですか……?」

声をひそめて聞くと、スタッフの女性はなにも言わずに上品な笑みを浮かべただけだった。

本物だと肯定されているようで、思わず背筋が伸びる。

「とてもお似合いですよ」

そんな褒め言葉に戸惑いながらも鏡に見入る。

大人っぽいドレスとアクセサリーを際立たせるように、髪はシンプルにアップにされていた。

メイクはすごく上品で艶っぽい。

冴えない自分でも、こんなに女らしくなれるんだと驚く。

「さ、清瀬様がお待ちですよ」

案内されて廊下に出ると、大きなソファにゆったりと腰かけていた清瀬さんがこちらを見る。

私がメイクをしてもらっている間に、彼も着替えをしたんだ。

光沢のある濃紺のスーツを纏った清瀬さんの、男らしい色気に思わず足が止まる。

「真央……」

立ち尽くす私を見た清瀬さんが、ソファから立ち上がりこちらに近づいてくる。

広い歩幅。真っ直ぐに向けられる強い視線。少し不機嫌そうな口元。

もしかして似合ってないかな。彼のお眼鏡に適わなかっただろうか。

不安になってうつむく私の肩を抱き、引き寄せると、清瀬さんは耳元で深いため息を漏らした。

「……参ったな」

「清瀬さん？」

「また部屋で食事じゃつまらないだろうと思ってレストランに席を用意したのに、こんなに綺麗な姿を見せられたら、部屋に直行して真央を俺の腕の中に閉じ込めておきたくなる」

「な、な、なに言ってるんですか……！」

そんな冗談に激しく動揺してしまう。

きっと抱かれている肩も熱を持ってるに違いない。

「真央は色白だから、夜空のような色のドレスが似合うと思っていたけど、想像以上に魅力的で困ったな」

「これ、清瀬さんが選んでくれたんですか？」

私がそう尋ねると、彼は微笑んだ。

てっきりサロンの人が用意してくれたんだと思ったのに。

清瀬さんの選んだものだと知って、まるで自分が彼のものになってしまったみたい、なんてばかげたことを思ってしまう。

「じゃあ食事に行こうか」

そう言って私の腰に腕を回した清瀬さんに促され、戸惑いながら歩き出した。


窓からは、美しい夜景が見えた。

ガラスの向こうの景色が楽しめるように、ライトダウンした店内。落ち着いたBGM。座り心地の良い椅子に美しいテーブルウエア。

プレアデスホテル内にある最高級のフレンチレストランで清瀬さんとふたり、向かい合って食事をする。

綺麗なドレスで着飾っているせいか、まるで夢を見ているようだ。

清瀬さんが優雅にナイフとフォークで食事を口に運びながら、ちらりとこちらに視線を向ける。

それだけでじわじわと頬に熱が集まる。

「真央」

おもむろに名前を呼ばれ、わずかに首を傾げて清瀬さんを見ると「今日は、なんで涙ぐんでいたんだ？」と尋ねられた。

「え？」

「工作を作っているとき、必死に涙をこらえているように見えた」

「あ……」

誰にもばれてないと思っていたのに、清瀬さんは気づいていたんだ。

誤魔化しきれていなかった自分が恥ずかしくて、思わず口元を手で隠す。

「もしかして気分でも悪かったのか？」

「いえ！　そうじゃなくて……！」

心配そうな清瀬さんに、慌てて首を横に振る。

「ただ、清瀬さんの言葉が胸にぐっと来てしまって」

「俺の言葉？」

「清瀬さん、星の砂って知ってます？　お土産屋さんで小瓶《こびん》に入って売られているような、星の形の砂。あれ、本当は砂じゃなくて海に住む小さな小さな生き物の亡骸《なきがら》なんですよね」

唐突な私の質問に、清瀬さんは小さくうなずく。

「小学生の頃、学校の課外授業で水族館に行ったんです。たくさんある綺麗な水槽《すいそう》のすみっこに小さな水槽がひとつあって、中にその星の砂、有孔虫《ゆうこうちゅう》が展示されていたんです。虫眼鏡があって、レンズ越しにじっと見ているると有孔虫がわずかに動いているのが見えて、感動して」

細かな砂粒のような星形の生き物たちがうごめいているさまを見ていると、まるで夜空の天の川を覗いているような気持ちになった。

綺麗な熱帯魚や大きなサメにエイ。芸をする頭のいいイルカやアシカたち。子どもの興味を引く海の生き物たちはたくさんいるのに、私はその小さな水槽の前から動けなかった。

「時間を忘れて見入っているうちに集合時間を過ぎてしまって、水族館の中をあちこち探し回った先生にとても叱られました。まさかあんなすみっこの地味な水槽の前にいるとは思わなかったみたいで、相当心配させてしまったようです」

そのときのことを思い出して、当時の悲しい気持ちもよみがえってしまった。

こらえるように胸に手を当て、笑みを浮かべながら口を開く。

「もともと人よりマイペースというか、気になることには夢中になってしまう性格だったんですが、先生に『どうして夏目さんは他の子みたいに普通にできないの』と叱られて、私は普通じゃないんだって落ち込んでしまいました」

そう言った私に、清瀬さんがわずかに眉を寄せた。

「時間を守らないで心配させた私が悪いんだってわかってるんですけど、でも、あのとき、一瞬でもいいから私がなにを見ていたのか先生に興味を持ってほしかったなって……」

そのときだけじゃなく、みんなが好きなアニメや漫画よりも、星座や宇宙に興味を持っていた私はクラスメイトにからかわれることが多かった。

休み時間に読んでいた星座図鑑を取り上げられて笑われるなんてことは、日常茶《にちじょうさ》飯事《はんじ》だった。

清瀬さんが工作教室のときに、圭人くんをからかう男の子たちに向けて言った『友達の興味のあることを理解しようともしないで否定するなんて、つまらないと思わないか』という飾り気のない問いかけ。

まるで幼い自分に言ってもらえたようで、嬉しかったのだ。

うつむきながら小さな声で「だから、自分を肯定してもらえたようで、ちょっと泣きそうになってしまいました」と伝えると、清瀬さんが微笑む気配がした。

視線を落としているのに、じっと見つめられているのがわかる。そしてそれがちっとも不快じゃない。
じわじわと胸の中がなにかで満たされていく気がした。
このままじゃ、そのなにかが溢れてしまいそうだ。
温かくて柔らかいのに、わずかな痛みを伴う感情。幸せなのに、泣きたくなる感覚。
あぁ……。
心の中に満ちるそのなにかを自覚して、思わず手で顔を覆いたくなった。
どうしよう。
私、清瀬さんのことが好きだ。
もう、どうしていいのかわからないくらい、彼への好意で胸がいっぱいだ。
このままだと瞳が潤んでしまいそうで、さりげなく夜景に視線を動かす。
「とても素敵な景色だけど、ここからじゃ月は見えませんね」
今日は満月のはずだけど、方角のせいでその姿は見えない。
ふとつぶやくと、清瀬さんがなにかを思いついたように笑った。
「じゃあ、食事が終わったらもっと素敵な場所に案内しよう」
「もっと素敵な場所ですか……?」
繰り返す私に、清瀬さんが優しく目を細めた。

手を引かれ連れてこられたのは、三十三階の最上階にあるスイート宿泊者限定の豪華なスパを通り抜けた先。

「わぁ……！」

プレアデスホテルの屋上にあったのは、揺らめく水をたたえた広いプールだった。

ガラス製の柵で囲われたプールは、まるで夜空にとけてどこまでも続いているように見えた。

水面の向こうに広がるのは、きらめく夜景。そして見上げた夜空に浮かぶのは、綺麗な満月。

「すごい……！」

こんな街中で、なににも遮られず満月を見上げることができるなんて。

ロマンティックで特別な空間に感動してしまう。

「さすがに星空はあまり見えないけどな」

パタパタとプールサイドに駆け寄る私を見ながら、清瀬さんがそう言う。

「そんなことないです。じっと目を凝らすと意外と都会でも見えてきますよ」

清瀬さんに向かって、目の周りに手を添えるようにしてみせる。

「こうやって手を衝立《ついたて》にして、周りの光を遮るんです。今日は満月だから夜空が明るいですけど、一等星や二等星くらいなら見つけられますよ」

私の言葉を聞いて、清瀬さんも同じように手で覆いを作り、夜空を見上げる。

「暗順応《あんじゅんのう》っていって、人の目は、光を遮断するとゆっくりと暗闇に慣れていくようになってるんです」

「……本当だ。なんとなく、星が見えてきた気がする。こんな街中で星が見えるなんて思わなかったな」

清瀬さんの感心したようなつぶやきに、得意げに胸を張る。

「プラネタリウムに行かなくたって、街中だって、足を止めてゆっくり空を見上げる時間さえあれば、星は楽しめるんです」

「もったいないことをしていたな。いつも頭上にこんなに綺麗な光があったなんて知らなかった」

清瀬さんの言葉が嬉しくて振り返ろうとしたとき、強いビル風が吹いた。

風にあおられ転びそうになった私は、慌ててバランスを取ろうと一歩踏み出す。

けれどその先に地面がなくて、目を見開いた。

「わ……っ！」

ドボンと大きな音がして、次の瞬間には私は水の中にいた。

なんの心構えもせず冷たい水の中に落ち、パニックになる。

真っ暗な水の中、どちらが上でどちらが下なのかわからなくて必死に水をかくと、指先から細かな泡が立ち上ってキラキラと光って見えた。

スローモーションのように揺れる水面。現れては消える細かな気泡《きほう》。

まるで夢の中の景色のような幻想的な世界に、心を奪われる。

わぁ、綺麗……。

思わずそうつぶやくと、開いた唇の隙間から一気に喉に水が流れ込んできた。

ごぼっと自分の吐いた空気の音が、くぐもって耳に届く。

苦しさにどうすればいいのかわからなくてもがいていると、水をかき分けるようにして大きな手がこちらに伸びてくるのが見えた。

そのまま私の腰を抱き、引き寄せるたくましい腕。

一気に水面に引き上げられて、空気が肺に入るのと同時に激しく咳き込んだ。

「大丈夫か⁉」

大量に水を飲み、ゴホゴホと苦しげに咳をする私を真剣な表情で見つめる清瀬さん。

「す、すみませ……」

私のせいで彼までプールに入らせてしまった。申し訳なくて苦しい呼吸の合間に謝ると、返ってきたのはあきれたような甘い微笑み。

「真央は星を見上げてばかりいるからすぐに転ぶな」

たしかに、転びそうになったところを助けてもらったのは、これで三度目だ。

「本当に大丈夫だったか？」

濡れて頬に張りついた髪を指先でかき上げながら、確認するように私の顔を覗き込む。

ようやく呼吸が整い落ち着いてきた私は、清瀬さんの肩にしがみつきながらうなずいた。

「はい。真っ暗な水の中に急に落ちて、気泡が星みたいに見えて、まるで宇宙の中にいるみたいでした」

「は？」

「怖いくらい綺麗で、天の川の中を泳いだらこんな気持ちなのかもしれないって思いました」

この感動を伝えたくて早口になる私を見て、清瀬さんがあきれたように笑う。

「まったく。溺れかけたっていうのに、なにのんきなことを言ってるんだ」

冷静になってみれば、ふたりともプールの中で全身ずぶ濡れだ。清瀬さんの仕立てのいいスーツも、私のドレスも。

清瀬さんの髪から透明な滴《しずく》が落ちていた。

片手で私の腰を抱きながら、もう片方の手で濡れた髪を邪魔くさそうにかき上げる。

その男らしい仕草に、思わずドキッとしてしまう。

私は目を逸らし平静を装いながら頭を下げた。

「す、すみません。せっかく用意してくれた素敵なドレスを……」

「そんなことはいいんだけど、目のやり場には少し困るな」

目のやり場って、なんだろう。

不思議に思って清瀬さんの視線を追えば、彼の腕の中で抱き締められている私の胸元に行きついた。

オフショルダーのドレスが濡れてぴたりと張りつき、体のラインがはっきりとわかる。しかも抱き寄せられ体が密着した状態でいることに気がついて、一気に頭に血が上った。

慌てて清瀬さんの肩から手を離し、逃げるように胸を押しやると、どぼんと体が水の中に沈む。

「なにやってるんだ」

また水の中でもがいた私を引き上げながら、清瀬さんがくすくすと笑った。

「ほら、溺れたくないなら暴れるな」

だって、清瀬さんが目のやり場に困るとか、変なことを言うから。

言葉にできずに肩にしがみつきながら恨みがましい目で見ると、彼は私ではなく揺れる水面を見ていた。

濡れた髪や端整な横顔、光を反射する瞳が綺麗で思わず見惚れてしまう。

「……でも、たしかに天の川の中を泳いでいるみたいだと言った気持ちが少しわかる」

そうつぶやかれ私が首を傾げると、清瀬さんは腕を伸ばした。

片手で私を抱き寄せたまま、もう一方の手で水面をすくう。

そこには、ゆらゆらと揺れる月があった。

「水面に月が映ってる……」

思わず私も手を伸ばし、清瀬さんと一緒に水面に浮かぶ月をすくう。

私の小さな手と清瀬さんの大きな手。

その中でとろけそうな柔らかい光を放つ満月がゆらゆらと揺れていた。

静まり返ったふたりきりのプールで抱き合っているなんて、なんだか本当に宇宙を泳いでいるみたいだ。

「綺麗だな」

ささやくようなつぶやきに、胸が詰まる。

そのとき、ふわっと頭にプラネタリウムが浮かんだ。

まるで宇宙を泳いでいるような特別なプラネタリウム——。

「清瀬さん……っ！」

興奮しながら声を上げると、清瀬さんはまばたきをしてこちらを見た。

「こんなふうに、宇宙遊泳を味わえるようなプラネタリウムはどうでしょう！」

「宇宙遊泳？」

聞き返す彼に、思いついたアイデアを勢いよく説明する。

「座席をぜんぶ撤去してしまって、鏡面《きょうめん》加工《かこう》された床材を敷きつめるんです。座席は、この前の科学館みたいに壁に沿うようなベンチにすれば、頭上にも足元にも、三百六十度星空が広がって、きっと宇宙を泳いでいるような気分になれます……！」

それなら座席を新品に交換するよりもずっと安く済むし、しかも他にはない特別なプラネタリウムになる。

「なるほど。空間が自由に使えるなら、たとえばプラネタリウムを投影しながら結婚式を挙げたり……」

清瀬さんの言葉に、思わず目を輝かせた。

「素敵！　最高にロマンティックだと思います‼」

星々に囲まれたプラネタリウムドームでの挙式なんて、ものすごく素敵だ。きっとたくさんの人に喜んでもらえるはずだ。

感激して思わず清瀬さんの首にぎゅっと抱きつくと、清瀬さんの手が私の背中に回った。

首筋から大きく開いた背中をゆっくりとなでられて、心臓が騒ぎ出す。

「清瀬、さん……？」

そっと顔を上げると、真っ直ぐに見つめられた。

それまでにはない親密な視線を向けられて、呼吸が苦しくなる。

水面の光を反射した清瀬さんの瞳が、ゆっくりと熱を帯びていくのがわかった。

キス、される……。

本能でそう悟る。

目を逸らさなきゃ。顔を背けなきゃ。理性ではそうわかっているのに、まるで金縛《かなしば》りにあったみたいに動けなくなる。

形のいい唇がゆっくりと近づいてくるのを、ただただ見つめていた。

一瞬触れた唇が、すぐに離れる。

清瀬さんと、キスをした。

そのことが信じられなくて呆然としていると、清瀬さんが私の顎をすくい上げ私の気持ちを確認するように顔を覗き込む。

どんなリアクションをしていいのかわからなくて、私が小さく首を横に振ると、また唇が重なった。

今度はさっきよりも長く。角度を変えて唇を食《は》む。

「ん……っ」

背筋が甘く痺《しび》れて思わず小さくもがくと、水面が揺れてわずかな水音が響いた。

それを聞いた清瀬さんが、喉の奥で低く笑った。

私の動揺がまるわかりで、カッと体が熱くなる。

「は、放してください……！」

慌てて顔を背け清瀬さんの胸を押しやると、またドボンと体が水の中に沈んだ。

「本当にさっきからなにやってるんだ」

あきれ顔の清瀬さんに水面に引き上げられ、肩を上下させながら咳き込む。

「俺から逃げようとすると溺れるぞ」

「ずるい……」

こんな逃げ場のない状況でキスをするなんて。

「真央」

私の濡れた髪を優しくかき上げながら、清瀬さんが甘い声で名前を呼んだ。

「好きだ」

自然に満ちて溢れるように、静かにそう言った。

そのささやきに、心が震える。

目を見開いた私を腕の中に閉じ込めて、また甘いキスが降ってくる。

額にまぶたに頬に。だけど唇にはキスしてくれなくて、どうしてと視線で問うと、

意地悪に微笑まれた。

「真央は？」

そう追及されて言葉に詰まる。

「真央は、俺のことをどう思ってる？」

「ど、どう思ってるって、清瀬さんは坂の上天球館を潰そうとしている敵だし……」

目を逸らしてもごもごと言うと、顎をつままれ正面を向かされた。

「坂の上天球館を買収するのはやめた。すばらしいプラネタリウムになるように資金

面でも技術面でも協力する。式場として利用できるように新しく契約を結ぼう」

そうなれば清瀬さんは敵ではなく、ビジネスパートナーということになる。

言い訳をひとつ打ち消され、顔をしかめながらまた口を開く。

「で、でも、清瀬さんはプレアデスグループの御曹司で、私とは住む世界が違うし、とても釣り合わないし……」

「真央とふたりで過ごして、世界が違うとか釣り合わないと思ったことは一度もない。むしろ俺は、真央と一緒にいると落ち着ける。万が一誰かに反対されたとしても、自分の好きな女はどんなことをしても守ってみせるよ」

「でもでも、私は恋愛に向かないし、前に付き合った彼ともうまくいかなくて……」

「真央」

言い訳を並べ続ける私に、清瀬さんが強い口調で名前を呼んだ。

はっとして顔を上げると、真剣な瞳に見つめられた。

「今真央を抱き締めているのは、その昔の男じゃなくて、俺だ」

私に向けての愛情と一緒に、嫉妬をにじませてそう言う。

そんな目で見られたら、どうしていいのかわからなくなってしまう。

自分には恋愛は向いてないってわかっているのに。これから先も恋愛なんてしないでひとりで生きていくんだって決めていたのに。

それなのに。

清瀬さんのことが好きで好きで、どうしようもない。

黙り込んだ私に、清瀬さんは諦めたようにため息をついた。

「……わかった」

わかったって……？

戸惑う私の腰から清瀬さんが手を離す。急に自由になった体が心細くて、清瀬さんの肩をつかむ手に力を込めた。

「うなずかないなら、このままプールに放り投げる」

「えぇー!?」

とんでもない言葉に、思わず目をむく。

「俺と付き合わないなら、このまま溺れても助けないって言ったら、どうする？」

「卑怯すぎる……！」

ぎょっとした私に、清瀬さんが優しく笑った。

「どんな卑怯な手を使っても、真央のことを諦めるつもりはないから、さっさと観念して俺を好きって言えよ」

「こんなの、本当にずるいです」

「ずるい男は嫌いか？」

「悔しいけど……」

逃げ道を塞がれて、言い訳も論破《ろんぱ》されて、うなずく以外の選択肢がない。

「……大好きです」

ふてくされながらそう言うと、清瀬さんが嬉しそうに笑った。

苦しいくらい抱き締められて、唇を塞がれる。

ふたりとも冷たいプールに入っているせいで、頬も手も冷たいのに、触れ合った唇の内側は火傷《やけど》しそうなくらい熱く感じて、愛おしさが込み上げてきた。

「ん……、清瀬さん……っ」

声を漏らすと、一緒に水面が震える。

ちゃぷんと水音が響くたび、涙が溢れそうになる。

ずっと、誤魔化し続けてきたけど、本当は出会ったときから彼に心を奪われていた。

立場が違うから、天球館を買収しようとする敵だから、そう自分に言い聞かせていたはずなのに、清瀬さんのことを知るたびに、どんどん惹かれていた。

それが今こうやって抱き締められてキスをしているなんて、なんだか夢を見ているみたいだ。

私を抱き締めている清瀬さんの手が、ゆっくりと動いた。私の輪郭を確かめるように体をなぞられ、思わず体が強張った。

「き、清瀬さん……っ！」

ウエストに触れた彼の手に、反射的に胸を押し返す。

「どうした？」

顔色を変えた私を見て、清瀬さんが不思議そうに尋ねてきた。

「あ、あの……。こういうの、慣れていないので、心の準備が……」

たどたどしく言うと、清瀬さんはそれ以上追及せずに笑ってくれた。

「わかった。今はこれ以上欲張らないから、とりあえず部屋に戻ってシャワーを浴びよう。このままじゃ風邪を引きそうだ」

そう言われ、私はほっとしたような後ろめたいような、複雑な気分になった。

素直な想いとふたりきりの夜

「これはリニューアルが楽しみだね」

施工業者さんが持ってきてくれた改装後の完成予想図を見て、館長が満足げにそう言ってくれた。

坂の上天球館の改装計画は、清瀬さんの協力もあり順調に進んでいた。

夏休みが終わってから工事が始まり、隣にできるオーベルジュの完成と同時にリニューアルオープンする予定だ。

改装後はプラネタリウムとしてはもちろん、結婚式場としても使われることになる。

オープニングイベントでは希望者を募り、模擬結婚式も開かれる。

式の司会進行とプラネタリウム操作は館長がすることになっていて、私は今から緊張と期待で少し落ち着かない。

そわそわしていると、館長がからかうような視線を向けてきた。

「おや、夏目さん。やけにそわそわしてご機嫌に見えるけど、明日はデートかい？」

そんな言葉に、ぎょっとしてわずかに体が跳ねる。

「な、なに言ってるんですか、館長。私はプラネタリウムのリニューアルが楽しみだなって思っていただけです」

「そうかい？　清瀬さんが明日はようやく丸一日休めると言っていたし、ちょうどうちも休館日だから、てっきりふたりで過ごすんだと思っていたのに」

「だから、なんで連絡を取り合ってるんですか⁉」

清瀬さんはなかなか手に入らない人気のスイーツの差し入れで、甘党の館長の心をがっちりつかんで、いつの間にか仲良しになっているようだ。

「清瀬さんに、また夏目さんがやきもち妬いていたよって教えてあげないと」

「妬いてないし教えなくていいです」

睨みながら言うと、館長は楽しげに笑う。

相変わらず忙しい清瀬さんとは、ときどきオーベルジュの視察のついでにここに寄ったときに顔を合わせたり、電話やメッセージでやりとりをするくらいだ。

これでオーベルジュが無事にオープンして清瀬さんが本社に帰れば、ますます会える機会は減ってしまうんだろうな。

明日は久しぶりに一日休みを取れるから一緒に出かけようと言われているけど、そのことを館長まで知っているとは思わなかった。

照れくささを膨れっつらで隠す私を見て、小さな子に向けるような柔らかい笑顔を浮かべる。

このままじゃ清瀬さんに『明日のデートが楽しみでそわそわしていたよ』なんていらない報告をされてしまいそうだ。

「私、ドーム内の掃除をしてきます」

事務所から逃げ出すと、「こんにちはー！」と元気な挨拶が聞こえた。

振り向くと、サッカー少年の大輝くんと眼鏡をかけた圭人くんが自動ドアから入ってくるところだった。

「あ、大輝くん、圭人くん、こんにちは！」

この前の工作教室でふたりは仲良くなったらしく、ときどきプラネタリウムに遊びに来てくれるようになった。

「プラネタリウム見に来てくれたの？」

そう問いかけると、うんと首を縦に振る。

「もうすぐここが潰れちゃうって聞いたから……」

心配そうな顔をするふたりに、苦笑いしながら体を屈めた。

「潰れるわけじゃないよ。改装工事をするから、しばらくお休みするだけ」

「本当？」

「うん。夏休みが終わったら三週間くらい休むけど、その後は今よりもっと素敵なプラネタリウムになるから楽しみにしててね」

私がそう言うと、ふたりはほっと胸をなで下ろす。

「よかった。もうお姉さんの星の話が聞けなくなるのかと思った」

「心配してくれてありがとう」

視線の高さを合わせてお礼を言うと、笑顔を返してくれた。

もともとはあまり星に興味がなかったふたりだけど、最近は宇宙のいろんなことを知りたがってくれる。

やっぱりプラネタリウムで星座解説するだけじゃなく、工作教室やいろんな体験でたくさんの星に触れる機会を作っていきたいな、なんて思ってしまった。

翌日、私の自宅から近くてわかりやすいからと、坂の上天球館の前で待っていると、清瀬さんの白い車が路肩《ろかた》に停まった。

気づいて私が近づくと、わざわざ運転席から降りてきて助手席のドアを開けてくれる。

清瀬さんの自然な紳士っぷりはもう慣れているはずなのに、やっぱりきゅんとしてしまった。

ふたりきりで会うのは、あのプールに落ちた日以来だなんて思いながら、運転席の清瀬さんを盗み見る。

相変わらず整った横顔。綺麗な二重に通った鼻梁《びりょう》、そして形のいい唇。

……私、この唇と、キスをしてしまったんだ。

あのときの光景が脳裏に再生され、心臓が大きく跳ねる。

「どうした？」

赤信号で車が停まると、清瀬さんが不思議そうにこちらを見た。

「い、いえ……っ！」

首を横に振って誤魔化すと、清瀬さんがハンドルに置いていた片手をこちらに伸ばし、私の顎に触れた。

きょとんとしている私の視界が、清瀬さんに遮られる。

唇に柔らかい感触が押し当てられ、すぐに離れた。

なにをされたか自覚して目を丸くした私に、もう一度短いキスを落とす。

ちゅっと甘い音を立てて唇が離れると、何事もなかったようにハンドルを握る清瀬さん。

「な、なんで、いきなりキスするんですか……っ！」

助手席で真っ赤になって叫ぶ私を横目で見ながら、清瀬さんは楽しげに笑っていた。

「信号が赤だったから？」

しれっと言う清瀬さんに、めまいを覚えて頭を抱える。

「赤信号だったら毎回キスするんですか？」

「真央がしてほしいなら」

「してほしくないし、しなくていいです！」

車が停まるたびにそんなことをされたら、心臓が持たない。

しかめっ面をすると、清瀬さんが機嫌良さそうに車を走らせながら「残念」と笑う。

以前から清瀬さんは優しかったけど、好きだと言われてからはさらに甘くなった。

ちらりと投げられる視線や、ときどき助手席の私にちょっかいを出す指先、真央と呼びかける声。

一つひとつに愛情が込められているのがわかって、ものすごく甘やかされている気分になる。

清瀬さんに微笑みかけられるだけで、どっぷりと愛されているのを実感して、溶かされてしまいそうだ。

「今日はどこに行くんですか？」

車は街中ではなく郊外に向かっているようだ。

なんの気なしに尋ねると、清瀬さんが前を向いたまま答える。

「真央がいるのに申し訳ないが、口説きたい相手がいてね……」

「え⁉」

口説くって……、一体誰を⁉

ぎょっとして飛び上がると、清瀬さんがくすくすと笑って訂正する。

「口説きたいって言っても仕事の話だよ。どうしてもオーベルジュを任せたいシェフがいて、ドライブがてら挨拶をしに行きたいと思ってる」

なんだ、そういうことか。ほっとして胸をなで下ろしながら清瀬さんを睨んだ。

「わざとまぎらわしい言い方をしないでください」

「真央は意外とやきもち焼きだよな。つんと澄ましているつもりなのかもしれないけど、すぐに感情が顔に出て、可愛い」

「……っ」

返す言葉が見つからなくて、顔を赤くして黙り込む。

見透かされて悔しい。だけど可愛いと言われて嬉しい。

清瀬さんの言葉ひとつで自分の感情が制御できなくなってしまって、どうしていいのかわからなくなる。

「デートなのに、仕事を持ち出して怒ってる？」

黙り続ける私の機嫌をとるように、長い指が髪を優しくなでる。

「怒ってないです。むしろ、気を遣わないで私がいるときもお仕事してもらえた方が嬉しいです」

「どうして？」

私の答えに、清瀬さんが意外そうな声を上げる。

「だって、そうしたら、少しでも清瀬さんと一緒にいられる時間が増えるじゃないですか」

私と一緒にいるときは仕事のことを考えないで、なんてわがままを言っていたら、忙しい清瀬さんと会える時間が減ってしまう。

それなら、清瀬さんのお仕事に付き合って一緒にいられる時間が長い方がずっといい。

そう言うと、清瀬さんがくしゃっと顔を歪めて大きなため息をついた。

あきれられたかな？と不安になりながら清瀬さんの様子を窺っていると、膝の上に置いていた私の手に大きな手が重なった。

「そんな可愛いことを言われたら、このままホテルに引き返してずっとふたりきりで閉じこもっていたくなる」

ぎゅっと手を握られ、心臓が飛び跳ねる。

ホテルの部屋で、ふたりきりで……。

そう言った清瀬さんがなにを望んでいるかわからないほど子どもじゃない。

期待してないと言えばうそになる。

だけど……。

気づかれないように服の上から自分の脇腹の辺りをなぞった。

清瀬さんが私を愛してくれているのはわかっているつもりだけど。

心の中の天秤《てんびん》が、ゆらゆらと不安定に揺れる。

大丈夫、かもしれない。でも嫌われる、かもしれない。

『真央ちゃん、ごめん……』

泣きそうな声でそう言ったかつての優しい彼の表情を思い出して、感情を抑え込むように唇を噛んだ。

車は街を抜け、山間の道を上っていく。鮮やかな濃い緑の木々がまぶしい太陽の日差しを遮り、木漏れ日が揺れて気持ちいい。

途中、湖を望める展望台や、小さなお土産屋さん、軽食やソフトクリームを売っているお店に寄りながらドライブを楽しむ。

甘いものが苦手な清瀬さんにソフトクリームを勧めると、むすっとしながらも食べてくれたのが嬉しかった。

「こんな渋い顔でソフトクリームを食べる人をはじめて見ました」なんてからかって笑っていたら、車の中で口直しだとばかりに長く激しいキスをされて音を上げた。

助手席でくたりと力が抜けてしまった私を見下ろして、満足げに笑う清瀬さんが憎たらしい。

「清瀬さんって意外と負けず嫌いで大人げないですよね」

「知らなかった?」

膨れっつらの私ににやりと笑ってまた短いキスをくれる。

彼の何気ない仕草や表情。いろんな一面を見るたびに、恋をしているのを実感して、胸の辺りがくすぐったい。

火照る頬を冷ましたくて助手席の窓をわずかに開けた。

「天気がいいですね」

高度があるせいか緑が多いせいか、吹く風は涼しくて心地良い。

「だけど、夕方から崩れてきそうだな」

そう言った清瀬さんの目線の先を見ると、たしかに山の向こうに雲が広がっている。

「目的地は遠いんですか？」

「いや、もうすぐだ」

清瀬さんの言葉を聞きながら、シートベルトを締めた。


たどり着いたのは小高い丘の上にある可愛らしいログハウス風の建物。

駐車場には、お客さんのものなのか車が二台停まっている。

「レストラン、ですか？」

清瀬さんがオーベルジュのシェフを務めてほしいと口説くくらいの人だから、もっと高級で仰々しいお店を想像していたけれど、アットホームな外観に少し驚く。

「ペンションだ」

周りは林だけれど、ペンションの建つ丘の周りだけ拓《ひら》けていて、まるで絵本の中に出てきそうな雰囲気だ。

「以前は東京の有名フレンチレストランでオーナーを務めていたシェフが、数年前に店を弟子に譲ってこのペンションを始めたんだ」

「有名なレストランのオーナーが？」

ペンションを、しかもこんな山の中ののどかな場所に……。

意外だなと思ったのが伝わったのか、清瀬さんがうなずいた。

「世界のベストレストランに名を連ねるほど有名で権威あるレストランのオーナーシェフが、突然表舞台から姿を消して、レストラン業界は当時騒然となった。今こうやって彼が郊外でペンションを開いているのを知っているのは、一握りの人間だけしかいない」

もし彼がオーベルジュで料理に腕を振るうとなれば、話題になることは間違いないだろう。

清瀬さんが忙しい中、直接足を運んで口説きたいと思う理由がわかる。

「いらっしゃいませ、清瀬さん」

ドアを開くと優しい声で出迎えられた。

儚《はかな》げな雰囲気の四十歳くらいの綺麗な女性が、朗らかに挨拶をしてくれる。

清瀬さんとはもう顔見知りなのか、ひと言二言会話を交わし、私たちを案内した。

きっと食事の予約をしていたんだろう。玄関を抜けるとすぐに広いダイニングになっていて、三つあるテーブルの一番奥に通してくれた。

「寺沢《てらさわ》さんは……」

椅子に座りながらそう言いかけた清瀬さんに、女性が申し訳なさそうに首を横に振ってキッチンの方を見る。

その視線を追うと、ダイニングに面したキッチンに立つ男の人が見えた。

大柄で髪を短く切りそろえている彼がここのシェフなんだろう。今話している女性より、少し年上に見える。

「申し訳ありません。料理中はキッチンから出ないと言っていて……」

「そうですか。由美子《ゆみこ》さん、お忙しい中何度も押しかけてすみません」

「いいえ、今日はゆっくり料理を召し上がってくださいね」

そのやりとりで、彼女がオーナーの奥さんだということを知る。

夫婦で切り盛りしているペンションなんだ。

きちんと目を見てゆっくりと話してくれる由美子さん。

テーブルを包む温かな雰囲気は、彼女の笑顔のおかげもあるんだろうなと思う。

料理は地元の食材を使ったコースだった。

数時間前に収穫したばかりだという新鮮な野菜に魚介のマリネを合わせた前菜。透き通っているのに驚くほどコクがあるコンソメスープ。食材が美しい層を作る鯛のミルフィーユ。

そして惜しみない手間をかけて作られたのがわかる、牛ホホ肉のワイン煮込み。

味はもちろん、目にも美しい料理の一皿ひとさらに感激してしまう。

「すごくおいしいです！」

目を輝かせると、清瀬さんがこちらを見て柔らかくうなずいた。

家庭的なペンションの雰囲気に合わせているのか、奇をてらわない正統派のフレンチ。合わせるお皿から調理、盛りつけまでものすごく繊細で、素人の私でも心を込めて作られているのがわかる。

高級で上質なのに、ほっと落ち着ける素敵な料理だ。

あの商館で、海や石畳の坂道を見下ろしながらこんな料理が食べられたら……。想像するだけでうっとりとする。

「気に入っていただけてよかった」

由美子さんがそう言って、私のグラスに炭酸入りのミネラルウォーターを注いでくれた。

今日は車で来たので、運転手の清瀬さんはアルコールを飲めない。私もワインではなくミネラルウォーターにしてもらった。

気にせず飲んでいいとは言ってくれたけど、私だけ飲むのは気が引けるし、清瀬さんと一緒の方が嬉しい。

「料理はもちろんですけど、ここの雰囲気も素敵ですね」

ダイニングには私たち以外に、二組のお客様。

BGMはなく部屋の中は静かなのに、沈黙がちっとも気にならない。

なんでだろうと不思議に思っていると、窓の外から小鳥のさえずりや風が木々を揺らす音が聞こえてくるからだと気づく。

自然の音がこんなに心地良いなんて知らなかった。

すると、パラパラという音が聞こえてきた。落ちてきた雨粒が林の葉を叩く音だ。

「雨……?」

私がつぶやくと、清瀬さんも外に目をやった。

「降ってきたな」

陽は沈み、暗くなった林に次から次へと雨が落ちてくる。大きな窓ガラスも、あっという間に濡れて景色がにじんだ。

「この辺りは最近雨が多かったから、あちこちで地盤が緩んでいるみたいなんですよ。土砂崩れで道が封鎖《ふうさ》されなきゃいいんですけど」

心配そうな表情で外を見ていた由美子さんが、そうつぶやいた。

デザートとコーヒーまでいただいた頃には、雨脚はかなり強くなっていた。

私たちは食事を終えたけれど、他のお客さんがまだ席に着いている。

シェフのご主人は忙しそうにキッチンにこもったままで、せっかく来たのに話す余裕はないかも、と心配しながら清瀬さんを見る。

けれど清瀬さんは未練も無念さも感じさせないいつも通りの表情で立ち上がった。

「ごちそうさまでした。とてもおいしかったです」

そう言った清瀬さんに由美子さんが申し訳なさそうに眉を下げる。

「すみません、主人が挨拶もせずに。先月も秘書さんを連れていらしてくださったのに……」

由美子さんの言葉に、思わずちらりと清瀬さんの顔を盗み見る。

清瀬さんが一緒に来た秘書って、遠山さん？

それともあの綺麗な三木さんとふたりでここに……？

なんて考えて、少し不安になってしまう。

「いえ、寺沢さんが忙しいのは承知の上で通っているのはこちらですから。目を通すのは時間があるときで構いませんので、寺沢さんに渡していただけますか？」

清瀬さんは落ち着いた口調でそう言い、持っていたバッグの中からオーベルジュの資料を取り出す。

「わかりました。後できちんと渡しておきます。頑固者の主人のために、遠いところを何度も足を運んでくださって、本当に申し訳ないです」

そんなことを言いながらもキッチンの方をちらりと見遣り、口を尖らせる由美子さん。その様子が可愛らしくて思わず微笑むと、清瀬さんが自然な仕草で私の腰を抱いた。

「いえ、今回は彼女に寺沢さんのおいしい料理を食べてほしかったのもあるので」

ちらりと甘い視線を向けられ、顔から火が出そうになる。

こんなふうに堂々と好意を示してもらえて、些細なことで不安になった自分がばかみたいに思えた。

「清瀬さん、心臓が持たないから手加減してください……」

私が両手で顔を覆って泣き言を漏らすと、「あらあら！」と見ていた由美子さんが笑い声を上げた。

挨拶を終えてペンションの玄関の扉を開けると、前が見えないほどの大粒の雨が地面を叩きつけていた。

駐車場に停めた車はすぐそこだけど、たった数メートルの移動でずぶ濡れになってしまいそうだ。

「今、傘を……」

そう言った由美子さんを、低い声が呼び止めた。

「待て」

驚いて振り返ると、ペンションのご主人、寺沢さんが立っていた。

「ふもとの道が通行止めになっているみたいだぞ」

「通行止めですか？」

清瀬さんがスマホを取り出し道路情報を確認する。たしかに小規模の土砂崩れが起こり、通行止めになっているようだ。

「どうしましょう」

スマホの画面から視線を上げ、顔を見合わせる。

どこか迂回路《うかいろ》があるだろうか。でも、あったとしても、こんな大雨でしかも夜で、慣れない山道を走るなんて大丈夫なのかな。

そう不安に思っていると、寺沢さんがぶっきらぼうに言った。

「部屋は空いている。急いで戻らなくていいのなら、今日は泊まっていきなさい」

話も聞いてくれないくらい頑な態度をとっていた寺沢さんが、泊っていけと言ってくれるとは思わなかった。

驚いている私たちの返事を待たずに、寺沢さんは背を向けキッチンに戻る。

「すみませんね。あれで清瀬さんを心配しているんです。ほんと愛想がなくて」

こんなご主人の態度に慣れっこらしい由美子さんは、くすくすと笑っていた。

「いえ。こちらこそ、部屋の予約もしていないのに突然すみません」

「ダブルのお部屋しかなくて申し訳ないんですけど、プレアデスホテルの高級なお部屋に慣れている清瀬さんは、うちの狭いお部屋は逆に新鮮かもしれませんね」

そう言いながら階段を上り、客室のある二階へと案内される。

シンプルだけど清潔な客室。温かな木目が美しい部屋はログハウスの三角屋根を生かし、天井が斜めになっていて、屋根裏部屋のようでわくわくしてしまう。

窓辺には壁や床と同じくオーク材でできた椅子とテーブル。そして簡単なクローゼットと、部屋の中を見回してベッドで視線が止まる。

清潔なシーツがかけられたダブルベッド。

ここに泊まるの？　清瀬さんとふたりで？

もちろん一緒にこのベッドで眠るんだよね……？

おずおずと隣にいる清瀬さんの様子を窺うと、彼は少しの動揺も見せず由美子さんにお礼を言っていた。

「ごゆっくりどうぞ。なにかあったら遠慮せずに言ってくださいね」

優しい笑顔の由美子さんに頭を下げるとパタンと扉が閉まった。

清瀬さんとふたりきりになったことなんて今まで何度もあるのに、なんだか緊張してしまう。

「あの、寺沢さんとお話できなくて残念でしたね」

緊張を誤魔化すように私が言うと、清瀬さんは残念そうなそぶりも見せずに「彼が頑なになるのも仕方ないんだ」と首を横に振る。

「俺の前に交渉していた担当者が、寺沢さんご夫婦の事情も考えず、金銭面の条件ばかりで押し通そうとしたんだ。そんなやり方じゃ警戒されて当たり前だ。時間がかかってもいいから、こちらの誠意を示して信頼を得るしかない」

「ご夫婦の事情、ですか……」

世界的にも有名なレストランを辞め、ひっそりとペンションを開いている寺沢さん。それにはなにかわけがあるんだ。

それにしても、話すら聞いてもらえないなんて。

「道は険しそうですね」

思わずこぼすと、清瀬さんはくすりと笑った。

「まぁな。でも交渉する機会さえもらえれば、口説き落とす勝算はある」

そう言った清瀬さんの目がきらりと光ると、彼らしい好戦的な表情に鼓動が速くなる。

「そ、それにしても、可愛いらしい部屋ですね！」

心臓を落ち着かせるように深呼吸しながら、ぎこちない仕草で部屋を見回す私とは対照的に、清瀬さんは慣れた様子で着ていたジャケットを脱いでハンガーに掛けていた。

寺沢さんと話すために何度もここに通っていたみたいだし、食事だけじゃなくて宿泊したこともあるのかもしれない。

もしかしたら、三木さんと一緒に泊まったり……。

由美子さんの、秘書さんと来ていたという言葉を思い出して、胸の辺りがちくりと痛む。一度は追い払った悪い妄想が再び頭をもたげた。

思わずうつむくと、「悪かった」と謝られた。

「わ、悪かったって……？」

もしかして私の考えてることをお見通しだった？

ぎょっとした私に、清瀬さんはなんでそんなに驚いているんだと不思議そうにしながら言う。

「天気が崩れるって予報は知っていたけど、まさか道路が通行止めになるとは思わなかった」

「あ、そんなことですか……」

ほっとして胸をなで下ろしながら首を横に振る。

「お天気は仕方ないです。無理して車で帰ろうとして途中で事故にあったり土砂崩れに巻き込まれたりしたら大変だし」

「でも、明日の仕事は大丈夫か？」

そう言われ、はっとする。

「そうでした！　館長に連絡していいですか？」

慌てた私にうなずきながら、清瀬さんはバッグの中からタブレットを取り出してい

ろう。

清瀬さんも忙しいのに突然泊まることになってしまって、仕事の調整が必要なんだろう。

「私、外で電話してきますね」

邪魔をしては悪いなと、スマホを持って客室を出た。廊下にあるソファに腰掛け、電話をかける。

何度か呼び出し音が鳴り、すぐに館長が出た。

「館長、すみません。明日お休みしてもいいですか？」

『問題はないけど、なにかあったのかい？』

心配そうな館長の声に事情を説明する。

「今日ちょっと遠出をしていたら、雨で道路が封鎖されて帰れなくなってしまいました」

『おやおや。それは大変だ。大丈夫かい？』

「はい。ちょうどペンションに空き室があったので、泊めてもらうことにしたんですが……」

『それはよかったねぇ。こっちは僕ひとりで大丈夫だから、気にせずゆっくりしておいで』

電話口でのんびりと言われ、肩の力が少し抜けてしまう。

でも、もともとは館長がひとりでこなしていた坂の上天球館。私が突然休みになっても、いつもより忙しいくらいで大きな問題はないだろう。

「すみません。明後日はちゃんと行きますから」

『清瀬さんによろしくね』

「はい……」とうなずきかけて口ごもる。

しまった。清瀬さんとお出かけして、その上お泊りすることになったことがばれればれだ。

スマホの画面に触れ通話を切ってから、ふーっと天井を仰いでため息をつく。

そんな私の前を、仲の良さそうなご夫婦が通り過ぎ奥の客室に入っていった。

その姿を横目で見ながら部屋にあるダブルベッドを思い浮かべる。

あの部屋で一晩、清瀬さんと過ごすなんて……。

キスをされて抱き寄せられるだけでいつものすごく動揺してしまうのに、大丈夫なのかと不安になってしまう。

それに引き換え、落ち着き払った清瀬さんの態度。

あんなに魅力的な大人の男の人だもん。女性と一緒に夜を過ごすのなんて、慣れっこなんだろうな。

やっぱり三木さんと泊まったりしたのかな。

はぁーっと肺の中の空気を絞り出すような大きなため息が出てしまった。

ちらりと部屋の様子を窺うと、タブレットを見ながら電話をしている清瀬さんが見えた。

その横顔は完全なお仕事モード。

このまま部屋に入ると気になるだろうし、一階で少し時間を潰そうかな。由美子さんにお願いしてコーヒーでも淹れてもらおう。

そう思ってコツコツと階段を下りると、キッチンの奥で由美子さんがお皿を洗っているようだった。

水音と食器の擦《こす》れる音が雨音に紛れて聞こえてくる。

「すみません」

ダイニングから声をかけたけれど、由美子さんは気づかないようでお皿を洗い続けている。

「あの、由美子さん」

今度はさっきよりも大きめの声で名前を呼んだけど、無反応だ。

どうしたんだろうと首を傾げる。

不思議に思ってもう一度声をかけようか迷っていると、不意に由美子さんがこちらを振り返った。

「あ、もしかして呼んでくれてました？」

目を見つめてそう問われ、きょとんとしながらうなずく。

「ごめんなさい、気づかなくて」

そう言いながら由美子さんは蛇口《じゃぐち》を捻って水を止めた。シンクを叩く水音がやみ、室内に響くのは雨の音だけになる。

「いえ、大した用事ではないので、大丈夫です」

慌てて首を横に振ると、由美子さんはタオルで手を拭きながらダイニングの方へやって来た。

「私、生まれつき少し耳が聞こえづらくて」

明るい口調で言われ、目を瞬かせる。

「聞き取ろうって集中すれば聞こえるし、口元を見れば何を言っているかわかるから、日常生活で困ることはあまりないんだけど」

「そうなんですか」

水音の中で後ろから声をかけたから気づかなかったんだ。

納得していると、由美子さんは私を見ながら微笑んだ。

「真央さんでしたっけ。なにか人前でしゃべるお仕事をされてます？　ナレーターさんとか、学校の先生とか」

「あ、プラネタリウムの解説員をしています」

私の答えを聞いて、由美子さんが「やっぱり」と嬉しそうに笑う。

「発音が綺麗で、とても聞き取りやすい話し方だなと思っていたの」

「そんな……ありがとうございます」

はにかみながら頭を下げると、由美子さんはダイニングの椅子を引き、「良かったら、少しお話しませんか？」と勧めてくれた。

お礼を言って腰掛け、雨が降り続ける夜の林をふたりで眺める。

「今日はわざわざ来てくれたのに、主人がろくに話もしないでごめんなさいね」

「いえ。ご夫婦でペンションを経営されていて、お忙しいでしょうし……」

そう言って首を横に振りながらも、少し複雑な気持ちになる。

清瀬さんがいくらここへ通っても寺沢さんがあの態度なら、オーベルジュのシェフを引き受けてもらうのは難しいだろうな。

「客室は三部屋だけだし、ランチもディナーも予約制だから、そんなに忙しいわけじゃないのよ。主人も私もこののんびりした生活に慣れて少し物足りなく思っているくらい」

「そうなんですか？」

「あの人、本当は清瀬さんに料理人として自分を必要としてもらえるのは嬉しいの。詳しい話を聞けば心が揺れてしまうから、わざとあんな態度をとってしまうのね。興味ない振りをして、きっと今も部屋で清瀬さんが持ってきてくれた資料を読んでいるに違いないわ」

本当に不器用よね、と由美子さんは愛《いと》おしそうに笑う。

「清瀬さんが誘ってくれているオーベルジュがある場所って、真央さんも行ったことあるの？」

そう問われ、「もちろんです」と答える。

「改築中のオーベルジュの隣に、私の勤めるプラネタリウムがあるんです。オーベルジュの建物もそうなんですが、あの辺りは明治時代に建てられた異人館や商館がいくつか残っていて、坂の下には海が見えて、とても静かで素敵な場所なんですよ」

「真央さんのプラネタリウムも古い建物なの？」

「はい。プラネタリウムドームは新しいんですが、事務所は石造りの古い倉庫を利用しています」

そう言いながら、ポケットからスマホを取り出し、坂の上天球館の画像を見せる。

「わぁ、素敵なところね。一度行ってみたいわ」

「ぜひ来てください。お待ちしてます！」

スマホの画面を覗き込みながら顔を輝かせた由美子さんに嬉しくなってしまう。

住所や画像が載っている宣伝用に作ったSNSを教えていると、由美子さんがぽつりとこぼした。

「……主人が、自分の作り上げたフレンチレストランを譲って、ここでペンションをはじめたのは私のためなの」

「え？」

私に向かって、由美子さんは自分の耳を指差してみせた。

「私、音が溢れた場所じゃすぐにめまいや頭痛を起こして疲れてしまうから、静かでのんびりした場所で生活させてあげたいって」

清瀬さんの言っていたご夫婦の事情って、このことだったんだ。

そのことに配慮もせずにお金の話ばかりしていたら、それは心を閉ざされても仕方ない。

不愛想で怖そうな印象だった寺沢さんの、愛情の深さを知って胸が熱くなる。

「とても愛されているんですね」

この場所は、ご主人の由美子さんへの愛の証なんだ。丘の上にある、のどかで温かい小さなペンション。

思わず「うらやましいなぁ」とこぼすと、由美子さんは驚いたように言った。

「真央さんだって、人をうらやむ必要なんてないくらい、清瀬さんにたっぷり愛されてるじゃない」

そう指摘されて、顔が赤くなってしまう。

「いや、そう、なんですけど……」

真っ直ぐに好意を言葉や態度で示してくれる清瀬さん。

たっぷりどころか溺れるくらい愛されていると思う。だけど……。

膝に置いた手をぎゅっと握り締めて、由美子さんのことを見る。

「私、コンプレックスがあるんです」

勇気を出してそう言うと、由美子さんは優しくうなずいてくれた。

「そのコンプレックスを清瀬さんにまだ言っていなくて。知ったら嫌われるかもしれないと思うと怖いのに、黙っているのも彼を欺《あざむ》いているようで苦しくて……」

前を向いていた視線が、話しているうちにどんどん下へ落ちていく。最後には自分の膝を見つめ、黙り込んでしまった。

急にこんなことを言っても、由美子さんを困らせるだけだな。そう思うとさらに自己嫌悪に陥ってしまう。

「ごめんなさいね。……真央さんにこんなことを言ったら気を悪くするかもしれないけど、実は私、星が大嫌いだったのよ」

沈黙を破るように言われ、私は驚いて顔を上げた。

「星が大嫌い……？」

星に興味がない人はたくさんいるけれど、わざわざ大嫌いと言う人ははじめてだ。

きょとんとして目を瞬かせた私に、由美子さんが明るく笑いかける。

「生まれつき耳が悪かったから、他の人には当然のように聞こえるものが自分には聞こえないことが悲しかったの。綺麗な星空を見上げるとき、流星群を探すとき、みんなが顔を輝かせて夜空を仰いでいるのに、私にだけはあの星がキラキラと瞬く音が聞こえないんだって思い込んでいた」

音？　予想外の言葉に、少し考えてからゆっくりと口を開く。

「キラキラ光る、とは言いますけど、星の光が地球の大気の揺らぎで瞬いて見えるだけで、実際に瞬いているわけでも音がしているわけでもないんですよ」

私の言葉に由美子さんが目を伏せて微笑む。

「そんなこと、耳がちゃんと聞こえている人には当然のことなのよね。でも私は、存在もしない音を自分にだけ聞こえないんだと思い込んで、ずっとコンプレックスを抱えてきた。ひと言誰かに聞けば、簡単に解決する話だったのに。結婚してから主人に打ち明けたら、『星の音なんて誰にも聞こえていない』って笑い飛ばされて、今まで悩んでいた時間はなんだったんだろうって拍子抜けしたわ」

過去の自分を恥ずかしそうに笑った由美子さんは、椅子に座り直してこちらに体を向けた。

「自分の中では大きなコンプレックスだとしても、相手にとっては驚くぐらい些細なことだったりするのよね」

膝の上でぎゅっと握り締めていた私の手に、由美子さんの柔らかな手が重なった。

「自分をさらけ出すのは勇気がいることだけど、心から信頼できる相手となら、どんなことだって必ずわかり合えると思うわ」

かけられる言葉も重なった手も泣きたいくらい温かくて、心が癒されていく。

「由美子さん、ありがとうございます……」

感極まった私がかすれた声でお礼を言うと、由美子さんは優しく肩を抱いてくれた。

由美子さんが淹れてくれたコーヒーを持って部屋に戻ると、そこに清瀬さんの姿はなかった。

どこに行ったんだろう……。

不思議に思いながらさっきまで清瀬さんが座っていた窓辺の椅子に近づくと、雨がやんでいることに気づく。

これなら明日には帰れるだろうとほっとしながら窓を覗くと、外に人がいるのが見えた。

暗闇に目を凝らすと、ぼんやりと空を見上げる男の人のシルエット。

清瀬さんだと気づいて、私は慌てて部屋を出た。

「清瀬さん」

外に出て声をかけると、林の前に立っていた清瀬さんがこちらを振り返った。

私に気づいてゆっくりと目を細める。

「どうしたんですか？」

こんな時間に外でぼんやりしているなんて。

不思議に思いながら彼の隣に並ぶと、清瀬さんは空を指してみせた。

「雲が晴れてきて、星が見えそうだったから」

「星……？」

つられて私も空を見上げる。

さっきまで空を覆っていた雨雲の切れ間で、キラキラと星が輝いていた。

土砂降りの雨が空気を洗ったせいか、それとも山の上で空が近いせいか、光がとても鮮明に見える。

上空では強い風が吹いているようで、雲がどんどん流れていく。

そして雲に隠されていた星空が、ゆっくりと姿を現した。

「わぁ……！」

その美しさに思わず声が漏れた。

頭上に広がる満天の星。

街中ではなかなか見ることのできない天の川が、はっきりと浮かび上がっていた。

「綺麗」

こと座のベガにわし座のアルタイル。天の川の上で翼を広げる白鳥座。赤く光るさそり座のアンタレス。

プラネタリウムで星座を見上げることに慣れていても、やっぱり本物の輝きの美しさには敵わない。

「こんなに綺麗な星空が見られるなんて、大雨に感謝だな」

隣にいる清瀬さんがそう言った。

土砂崩れで道路が通行止めにならなかったら、ここに泊まることはなかったし、こうやってふたりで星空を見上げることもなかった。

「本当ですね」

顔を見合わせ小さく笑ってから、また空を見上げる。

するとそのとき、夜空を白い光の線が流れた。

「あ……！　流れ星！」

一瞬光って消えた流星。

慌てて清瀬さんを振り返ると、彼もしっかり見ていたようで、驚いた表情を浮かべていた。

「すごいな。流れ星なんてはじめてかもしれない。今日は流星群が来る日なのか？」

「いえ、流星群が近づいていなくても、肉眼では確認できない小さなものも含めれば毎日ものすごい数の宇宙のチリが降っているんです」

宇宙空間に漂う小さな小さなチリや小石が、地球の大気の中で燃え尽きていくのが流れ星の正体だ。

「でも、たまたま見上げた星空で、こんなにはっきりとした流れ星を見られるなんてすごい……」

しかも清瀬さんとふたりで見られた。

奇跡みたいに素敵な出来事に、胸がドキドキする。

「なにか願い事はしたか？」

優しい声でそう問われ、首を横に振る。

「そんな余裕、ありませんでした」

願い事を唱えることはできなかったけど、その美しさに勇気をもらえた気がした。

「あの、清瀬さん……」

ごくりと息を呑んで向かい合う。そして、ゆっくりと口を開いた。

「聞いてもらいたいことがあるんです」


部屋に戻り、ドアを閉める。

電気をつけようとした清瀬さんに、「明るいと恥ずかしいので」と暗いままにしてもらった。

窓から差し込む星明りだけの薄暗い部屋にふたりきり。さっきから、心臓が飛び出してしまうんじゃないかと思うほど緊張してる。

だけど、ちゃんと聞いてもらわなきゃ。私のことを、わかってもらわなきゃ。

そう自分に言い聞かせて、言葉を続ける。

「子どもの頃、いやなことがあるといつも星を見上げていたって話をしたこと、覚えてますか?」

「あぁ」

私の問いかけに、清瀬さんがうなずいた。

清瀬さんに出会ったばかりの頃、スイートルームで食事をしながら話した、私がプラネタリウムの解説者を志したきっかけ。

その頃を思い出しながら、小さく深呼吸する。

「私の父は少し酒癖の悪い人だったんです。私に手を上げるわけではなかったんですが、酔っては母に辛くあたるので、父がお酒を飲み出すといつも母に自分の部屋に行くように言われました」

小さな自分の部屋で開け放った窓のサッシに腰を掛け、星空を見上げてばかりいた幼い頃。

実家の狭いアパートでは自分の部屋に閉じこもっても、両親の争う声は響いてきた。

でも耳を塞いで夜空に光る星を見上げていると、悲しいこともいやなことも、忘れられた。

「……それで、真央はいつも星空を見上げていたんだな」

清瀬さんがわずかに顔を曇らせてつぶやいた。

私は清瀬さんの方へと一歩近づき、着ていたシャツワンピースのボタンに指を掛けた。

上からひとつずつ、ボタンを外していく。

「真央？」

ベッドに腰掛けていた清瀬さんが、突然服を脱ぎ出した私に驚いたように目を見張る。

ボタンをすべて外し、肩からワンピースをするりと落として清瀬さんの前に立った。

下着姿になった私を、じっと清瀬さんが見る。緊張で、指先が震えた。

「ここ……、見てください」

そう言って、腕をよけて左の脇腹の辺りを見せる。

薄暗闇の中でもわかる、傷跡。

「怪我《けが》の……跡か？」

清瀬さんが傷跡を見て顔を曇らせた。

「私が小学生のときに、酔っ払った父の機嫌を損ねて突き飛ばされて、お鍋の中の熱湯がかかってしまったんです」

肌の他の部分よりも白く浮き上がった、火傷《やけど》の跡。運悪く、ぶつかった衝撃で割れた土鍋の破片が脇腹の下に突き刺さり、大怪我まで負ってしまった。

十年以上経った今でも、いびつな凹凸がわかる痛々しい傷だ。

「わざとじゃなく事故でしたし、父は私に何度も頭を下げて謝ってくれました。それから父はお酒を控えるようになったんですが、ほどなくして亡くなりました。……肝《かん》臓《ぞう》がんでした」

「そうか……」

当時のことを思い出して涙が込み上げる。

もしお酒を控える時期がもっと早ければ、父はあんなに若くして亡くなることはなかったかもしれないのに。

そう思うと今でも悔しくなってしまう。

「事故で火傷と怪我の跡が体に残ってしまったけど、しょうがないと思っていました。どうせ服で隠れて見えないところだし、自分が気にしなければなんの支障もないと。だけど……」

言いながら怖くなって、清瀬さんの顔を見られなくなる。

うつむいて、自分の足先を見つめながら、なんとか続ける。

「大学二年生のとき、はじめて好きになった人がいました。星が好きで物静かで、とても優しい人でした。彼と恋人になれて嬉しくて……」

嗚咽《おえつ》が込み上げてきて、喉に手を当てる。悲しみがよみがえって泣き出しそうになってしまう。

それでも一生懸命に言葉を探す。

「でも、はじめて彼の家にお泊りしたとき、『ごめん』って謝られました。この傷が痛々しくて、無理だって」

『ごめん、真央ちゃん。俺、真央ちゃんのことが好きなのに……』

泣きそうな顔でごめんと繰り返す彼に申し訳なくて、自分のことが惨めに思えた。

だって、彼は何も悪くないのに。

私に問題があっただけで、謝る必要なんてなにもないのに。

「それから彼とは別れて、自分に恋愛は向いてないいんだって諦めました。また好きな人にあんな顔をさせるのはいやだか――」

言葉の途中で、強引に引き寄せられた。

次の瞬間、私は清瀬さんの腕の中にいた。

苦しいくらい強く抱き締められて、驚いて目を見開く。

「真央」

耳元で彼が私の名前を呼ぶ。その声には今までと変わらない愛情が込められていて、胸が震えた。

後頭部を引き寄せられ、ゆっくりと唇が重なる。甘やかすようなキスをしながら、至近距離で優しく微笑まれて、涙が溢れてくる。

「清瀬さ……」

こらえきれず私が泣き出すと、清瀬さんは私を胸の中に抱いたまま、背中を優しくさすってくれた。

「話してくれて、ありがとう」

その温かい言葉に、清瀬さんの胸に顔を押しつけ何度も首を横に振る。

「俺は真央の過去も傷も、ぜんぶ愛してるよ」

そうささやかれ、またじわりと涙が込み上げてくる。

「この傷跡を見ても嫌いにならないですか……？」

震える声で問いかけると、清瀬さんがくすりと笑った。

腰に腕が回り驚くと、背後にあったベッドに押し倒されていた。

下着姿でベッドに寝転ぶ私を見下ろし、まぶたにかかる髪をかき上げる清瀬さん。

その煽情的《せんじょうてき》な仕草に息を呑む。

清瀬さんがベッドに手をついてゆっくりと身を屈めると、ぎしりとスプリングが鳴った。

まるでライオンに見据えられた獲物の気分だ。抵抗する術もなく、ただ彼のことを見つめる。

清瀬さんがゆっくりと傷跡に手を伸ばした。

凹凸のある肌の上を確かめるようになぞられ、慌てて身をよじる。

「き、清瀬さん……っ！」

「痛いか？」

心配そうに問われ、戸惑いながらも首を横に振る。

「もう、い、痛くはないですけど、無理しないでください。傷跡が気持ちのいいものじゃないって自分でもわかっていますし……」

慌てて暴れる私の頭をなで、ふわりと微笑む。

その表情が優しくて、胸に熱いものが込み上げてきた。

「無理してるわけ、ないだろ。ここに触れられるのは俺だけなんだと思うと、優越感しかない」

「優越感って……、んん……っ」

まるで宝物にでも触れるような、柔らかな手つきで傷跡をなでる。

くすぐったさに交じって、甘い痺れが生まれどうしていいのかわからなくなってしまう。

思わず漏れた声が恥ずかしくて、口元を手の甲で塞いで必死に吐息をこらえる。

そんな私を見下ろしながら、清瀬さんがわずかに顔を歪ませて笑った。

「そんなに可愛い反応をされたら、我慢できなくなるだろ」

「我慢、ですか……?」

呼吸を乱して涙目になっている私を、きつく抱き締める。

「このまま真央のことを自分のものにしてしまいたいけど、さすがにここじゃな……」


ため息交じりにそう言われ、頭に血が上った。

清瀬さんは寺沢さんにオーベルジュで働いてくださいと頼みに来ているのに、その寺沢さんのペンションで抱き合うなんて、いろいろ問題がありすぎる。

「今日はこれで我慢する」

そう言って私を胸の中に抱くと、優しくキスをしてくれた。

清瀬さんは、本当に私を愛してくれているんだ。傷跡を見てもゆらがない彼の優しさに幸せな気持ちでいっぱいになる。

「清瀬さん……」

腕の中で小さく名前を呼ぶと、こちらを見下ろす優しい視線。

なんだか照れくさくて、ぎゅっと顔をたくましい胸に押しつけながら言うと、頭上でくすりと笑い声がした。

「大好きです」

「俺も、大好きだよ」

甘い言葉が心に溶けて、体中に幸せが満ちていく。

高い鼻が私の髪にもぐり、うつむいている私のつむじにキスをしてくれた。

じわりと瞳に涙が浮かぶと、大きな手に頬を包み込まれ上を向かされた。

潤んだ目を瞬かせた私を見て、清瀬さんが優しい笑みをこぼす。そして重なった唇が心地良くて、私はうっとりと目を閉じた。


翌朝、地元の牧場から届けられる産みたての卵を使ったとろとろのオムレツに、オーブンから出てきたばかりのパリパリのクロワッサン。厚切りのジューシーなベーコンに彩り鮮やかなサラダ。温かなポタージュスープ。

おいしそうな朝食に「わぁ」と目を輝かせる。

「ここのお料理、本当に絶品ですね」

綺麗な黄色のオムレツを口に含むとトリュフが香り、頬が落ちないように思わず両手で押さえてしまう。

いちいち感激してしまう私の向かいで、清瀬さんはスープを口に運んでいた。

彼の食事をする姿は本当に優雅で見惚れそうになる。

昨日はあの腕の中に抱き締められて、数えきれないくらいたくさんのキスをしてもらったんだなぁ……。

なんて無意識にベッドの中での彼の甘い視線を思い出して、ぶわっと頬が熱くなる。

食事中になにを考えてるんだ私は。しかもこんな朝っぱらから！

頰の熱を払うようにぶんぶんと首を横に振っていると、正面にいた清瀬さんが首を傾げた。

「どうした？」

「えっと、いや、なんでもないです……！」

清瀬さんの問いかけに、なんとか誤魔化そうと言葉を探す。

「まぁ、真央がなにを考えているかなんて、わかってるけどな」

綺麗な口元を引き上げて、横目で見つめながら意地悪な笑みを浮かべる清瀬さん。

鋭い彼には私の気持ちなんてお見通しで、ますます顔が熱くなった。

「コーヒーのおかわりいかがですか？」

背後から声をかけられ飛び上がる。

振り返れば、にっこりと笑う由美子さん。

「はい、いただきます」

悩みを聞いてもらったから、きっと私たちのことを気にかけていてくれたんだろう。

由美子さんは昨日よりも打ち解けた様子の私たちを見て満足そうに微笑んだ。

通行止めになっていた道路も無事開通し、朝食を終えてからペンションを出る。

「本当にお世話になりました」

ぺこりと頭を下げると、「またいつでも遊びに来てくださいね」と由美子さんに声をかけられた。

「ありがとうございます」

清瀬さんもお礼を言って車に戻ろうとすると、ご主人の寺沢さんが出てきた。

「清瀬さん」

低い声で名前を呼ばれ、清瀬さんが視線を向けると仏頂面《ぶっちょうづら》のまま口を開く。

「資料を読ませてもらった。一度、その改装中のオーベルジュを見に行ってもいいか？」

その言葉に、清瀬さんが目を見張った。

今まで何度ここへ通っても、ろくに話を聞いてくれなかった寺沢さんが、急にオーベルジュに興味を持ってくれたことに驚いているんだろう。

「はい。ご連絡いただければいつでも案内しますので、ぜひ」

力強くうなずいた清瀬さんに、寺沢さんはぷいとすぐに背を向ける。

「妻が、真央さんの働くプラネタリウムを見てみたいと言っているから、そのついでだ」

ぶっきらぼうに言い残してキッチンへと戻っていく寺沢さん。

きょとんとしながら清瀬さんとふたりで顔を見合わせた。

「あんなこと言って、前から興味があったのよ。本当に素直じゃないんだから」

くすくすと笑う由美子さんにつられて、私たちも笑顔になった。


「寺沢さんがオーベルジュを見に来てくれるなんて、どんなことをしたんですか、清瀬さん！」

車に乗り込んで、ハンドルを握る清瀬さんに尋ねると、「彼の料理人としてのプライドをくすぐってみたんだ」と笑う。

「プライド、ですか……？」

「プレアデスグループのためだけに、最高級の食材を用意してくれる契約農家や農場は全国にある。そこで、彼らがどれだけプライドを持って一つひとつの食材を届けてくれているかが伝わるような資料を用意した」

ホテルのスタッフやシェフだけじゃなく、レストランに届く食材の生産者までこだわりがあるなんて、すごい。

「彼がオーベルジュのシェフを引き受けてくれるなら、世界中からでもベストな食材を探し出して用意することも可能だ。プレアデスと手を組めば、今まではできなかった新たな料理にだってチャレンジできると、寺沢さんの職人魂を刺激するようなプレゼンをしたんだ」

金銭面の話じゃなく、プロフェッショナルとしての真摯な姿勢を寺沢さんに示したんだ。

感心して思わずため息をついてしまう。

そんな私を見て、清瀬さんが優しく笑った。

「だけど……それ以上に、真央のおかげだな」

「私、なにもしてませんよ？」

「由美子さんが寺沢さんにプラネタリウムを見てみたいと言ってくれたのが、大きな後押しになった。ありがとう」

たしかに、頑固な寺沢さんがこちらに歩み寄ってくれるには、なにかきっかけが必要だったのかもしれないけれど。

由美子さんとふたりで話していたことを思い出して、慌てて首を横に振った。

「わ、私はそんなつもりじゃなくて、ただ由美子さんと話をしていただけで、お礼を言われるようなことはなにもしてないです。むしろ、こちらの方が由美子さんに励まされたというか」

「じゃあ、下心のない真央の一生懸命な言葉が響いたんだな」

ハンドルを握っていた手がこちらに伸びてきて、くしゃりと私の髪をなでた。

その指先の感触がくすぐったくて、首をすくめる。

少しでも清瀬さんの役に立てたなら、本当によかったと嬉しくなった。

てくれた。

天井の星空と愛の誓い

改装でお休みに入る前にと、由美子さんとご主人の寺沢さんが坂の上天球館を訪れてくれた。

ふたりともプラネタリウムを見るのははじめてとのことだったけど、投影機が映し出す季節の星座や、一つひとつの星に込められた由来などをゆっくり解説すると、とても楽しそうに耳を傾けてくれた。

『今まで星座や宇宙のことを知ろうともしなかったけど、もっと早くプラネタリウムに来ればよかったわ』としきりに悔しがる由美子さんの言葉に嬉しくなった。

ふたりは、改装した後も絶対にまた来ると約束してくれた。

その後寺沢さんは、清瀬さんの案内で改築中のオーベルジュを見学したそうだ。

豪華な宿泊設備や充実したキッチンはもちろん、大人の上質な隠れ家というコンセプトにぴったりの静かなロケーションをとても気に入ってくれたらしい。

ここなら騒がしい環境が苦手な由美子さんも安心して生活できる。

次は地元の契約農家や、鹿肉《しかにく》や猪肉《いのししにく》などのジビエを取り扱う食肉業者を視察するそうだ。

まだ正式に話を受けてくれると決まったわけではないけれど、門前払いだったことを考えれば、ものすごい前進だと思う。

相変わらず清瀬さんは忙しくて、なかなかふたりきりでゆっくり過ごすことはできていないけど、ときおり事務所に顔を出してくれたり、電話をくれたりする。

きちんと気持ちを通じ合わせたせいか、わずかなやりとりでもすごく幸せだ。

満たされているって、こういうことなんだと実感していた。


けれど、夏休みも今日で終わり、明日から改装が始まるというときに、思わぬ人がやって来た。

胸までの緩く波打つ髪に、美しい顔立ち。秘書の三木さんだ。

事務所の自動ドアから入ってきた三木さんは、私を見つけて目を細める。

今日はお休みなんだろうか。

三木さんはいつものスーツ姿ではなく、鮮やかな真紅のワンピースを着ていた。

体のラインがわかるシンプルなデザインが、彼女の美しさを際立たせる。

こつりと響いた靴音に彼女の足元を見れば、足首のストラップが色っぽいエナメルのハイヒール。

秘書として働いているときも綺麗な人だと思っていたけど、こうやって華やかな格好をするとさらに彼女の美貌が強調される。

頬にかかる髪をネイルの施された指先でかき上げながら、私のことを見下ろした。

相変わらず地味な服装で仕事をしている私のことを、上から下まで見つめると、ゆっくりとまばたきをする。

その勝ち誇ったような表情に居心地の悪さを感じた。

清瀬さんと一緒ではなく、ひとりでここへやって来るなんて、どうしたんだろう。

戸惑う私に向かって、三木さんは「夏目さん」と呼びかける。

「少しお時間をいただけますか」

そう言って微笑むと、私の返事を待たずに事務所の外へと歩いていく。

きっと、ふたりだけで話をしたいんだろう。

「すみません、席を外しますね」

事務所にいる館長に断って彼女の後を追いかけた。

坂の上天球館の前にある素朴な英国風のお庭。その前に立った三木さんが、私のことを振り返りわずかに目を細める。

「昴さんとは、住む世界が違うと忠告したはずですが？」

冷たい声で言われ、言葉に詰まった。

昴さん……。

いつもは『副社長』と呼んでいたはずなのに。

清瀬さんのことを親しげに名前で呼ぶ三木さんに、違和感を抱いて眉をひそめる。

「まぁ、昴さんの一時の気まぐれだとわきまえてお付き合いをされているなら、こちらもわざわざ口出ししませんが」

「気まぐれ……？」

「庶民のあなたにとって昴さんは、普通に生活をしていれば一生顔を合わせることのない、雲の上の存在ですものね。彼のような極上の男に遊ばれているとわかっていても一度くらい寝てみたい、なんて品のないことを考えるのも無理はないですよ」

蔑《さげす》むような言葉に、頭にカッと血が上った。

「そんなこと、思ってません！」

声を上げて反論した私を、三木さんが冷めた目で見つめる。

「では、本気でお付き合いされているとでもおっしゃるんですか？」

ヒールを鳴らして、三木さんがこちらに向き直る。

「昴さんと真剣にお付き合いをして、結婚を考えていると？　近い将来プレアデスホテルのトップに立つ彼の妻が自分に務まると？」

矢継《やつ》ぎ早《ばや》に詰め寄られ、なにも言えず唇を引き結んだ。

ようやく素直に気持ちを伝えて恋人同士になれたばかりで、その先のことなんてまだ考えてもいなかった。

そんな気持ちが伝わったのか、三木さんが私を見下ろしながら鼻で笑った。

「ホテルの後継者である昴さんには、彼を支え理解できる優秀なパートナーが必要です。あなたよりももっとふさわしい女性、これからのグループの発展のために必要なのは、あなたじゃなくて私です」

「え……？」

彼女の言っている意味がわからなくて固まってしまう。

「夏目さん、『三木コーポレーション』はご存知ですか？」

国内外で不動産事業を営んでいる、ＣＭなんかでもよく耳にする会社名。

もしかして三木さんはその三木コーポレーションのご令嬢ということ……？

「ようやくおわかりになったようですね」

顔を曇らせた私に、三木さんはその通りだと言うように微笑む。

「表向きは社会勉強ということで昴さんの秘書をしていますが、縁談の話はもうまとまっていて、実質は結婚までの準備期間です。海外展開を見据えているプレアデスグループにとって三木コーポレーションの存在は大きな力になるでしょう」

政略結婚。そんな言葉が脳裏に浮かぶ。

この先、日本だけではなく海外でも手を広げ発展していくプレアデスグループのトップの妻として、美しく家柄も良く海外の不動産を扱う大企業の令嬢でもある三木さんは、最良の女性だ。

そう考えて、くらりとめまいがした。思わず額を抑えてうつむく。

そのとき、清瀬さんの言葉を思い出した。

『幼い頃からグループの後継者になるための教育を受けてきて、名前まで社名をそのままつけられて、自分の存在価値は会社を継ぐことだけなんだと思ってきた』

心の奥で鬱積《うっせき》し続けた孤独を、吐き出すような言葉。

グループを背負うべくして生まれてきたことを突きつける、その名前。

いつだって自信たっぷりに見えた彼は、水面下ではずっと苦悩してきたんだ。

だったらなおのこと、私は彼の側《そば》にいたいと思う。

どこまで力になれるかわからないけれど彼の苦しみに寄り添い、理解してあげられる存在になりたい。

「私は……後継者の妻としてはふさわしくないかもしれませんが、それでも清瀬さんが望むなら、彼と一緒にいたいと思っています」

手をぎゅっと握り締め、自分を奮い立たせるようにそう告げる。

「本当に、図々しい女……」

三木さんが小さな声で吐き捨て、忌々《いまいま》しそうに舌打ちをした。

「なかなか首を縦に振っていただけないのは、見返りを期待しているからですか？」

三木さんはバッグから小切手とペンを取り出すと、強引に私の手に握らせて「いくらでもお好きな金額をどうぞお書きください」と淡々と告げる。

「いくらでもって……」

「これで昴さんを諦めていただけますよね？」

これは三木さんの独断なんだろうか。それとも、清瀬さんの父親である社長からの指示……？

人の心をお金で解決しようとするその考え方に、怒りと悲しみが湧いてくる。

「こんなもの……受け取れません」

私が渡された小切手を突き返すと、三木さんは仕方ないというようにため息をついた。

「お金は後味が悪くて受け取れないというのなら、いいお医者様を紹介しましょうか」

「……え？」

お医者様って、一体なんの話だと眉をひそめる。

「手切れ金代わりに、体の傷を消して差し上げますよ」

とっさに自分の脇腹に触れた。服の上からも薄っすらとわかる凹凸。

「その脇腹に、傷跡があるんでしょう？」

「どうして知ってるんですか……？」

服を握り締めた指先が動揺で冷たくなる。それなのに、手のひらはじっとりと汗ばんでいた。

「昴さんから伺いました。あなたの体に、目を背けたいくらい醜い傷跡があると」

清瀬さんが？

涙ぐむ私を抱き締めて、数えきれないくらいたくさんのキスをしてくれた彼のことを思い出す。

あのときはあんなに優しくしてくれたけど、やっぱり本心では醜いと思っていたの……？

「庶民で平凡で、その上、そんなひどい傷があるあなたに、昴さんの隣に立つ資格はありません」

三木さんの言葉に、ショックで目の前が真っ暗になった――。

畳の上に寝っ転がると、窓の外からジーワ、ジーワとセミの鳴く声が響いてきた。

「のどかだなぁ……」

外がまぶしいせいで室内は少し薄暗く見えて、外界とは隔離《かくり》されているような気分になる。

私はTシャツにショートパンツという軽装で畳の床に転がりながら、ぼんやりと窓の外を眺め続けていた。

「久しぶりに帰ってきたと思ったら、一日中床に転がってばっかりね。うちの娘は人間じゃなくてナマケモノだったかしら」

目の前を横切りながらそんな嫌味を言うのは母だ。

「いつもは毎日真面目に働いてるからいいの。久しぶりの長期休暇なんだから、羽を伸ばさせてよ」

「羽を伸ばすどころか、骨まで溶けそうなだらけぶりだけどね」

あきれたようなため息をつかれ、私は転がったまま頬を膨らませる。

施設の改装のためにしばらく休館することになった坂の上天球館。

ちょうどいい機会だからと館長にお願いしてお休みをもらい、忙しさを理由にしばらく顔を出せていなかった実家に一昨日帰ってきた。

生まれてから高校を出るまで過ごした山間の田舎町は、どこを見ても緑ばかりだ。

海が見えないのがなんだか新鮮で、でも少し物足りない。

住んでいた期間はこっちの方がずっと長いはずなのに、いつのまにかあの港町が自分の居場所になっていたんだと実感する。

二階建ての木造のアパートは私が生まれたときから住んでいる家で、今は母がひとりで暮らしている。

仕事に向かうために身支度中の母は、肩の辺りで切りそろえた髪を後ろできゅっとひとつに結んだ。

看護師をしている母は毎日忙しそうで、久しぶりに帰ってきた娘が畳に転がっていようが家から一歩も出ずにいようがとくに気にせず仕事に向かう。

この放任っぷりが心地いい。

清瀬さんの家も、こんなふうに居心地がいい場所だったらよかったのに。

生まれたときから後継者になることを定められ、政略結婚も当たり前だと言われる人生。

私には想像もできないけれど、孤独や苦しみをひとりで抱え続ける辛さは、少しならわかるつもりだ。

「あー、もう……。どうすればいいんだろう」

清瀬さんの婚約者が秘書の三木さんだということもショックだったけど、さらに衝撃を受けたのは私の傷のことを彼女に話していたことだった。

清瀬さんに連絡すればそのことを責めてしまいそうな気がして、長期休暇をもらうことを言い出せないまま実家に帰ってきてしまった。

ちょうどいいから距離を置いて少し頭を冷やそうと思ったのに、気がつけば清瀬さんのことばかり考えてる。

婚約者がいるのに私を好きだと言うなんて立派な裏切りなのに、どうしても彼を嫌いになれない。

これじゃあ、頭を冷やすどころか愛しさが募る一方だ。

清瀬さんから連絡が来るかもしれない、と気にしてしまうのがいやで、電源を落としているスマホ。

それでも画面が暗いままのスマホに手を伸ばしそうになる自分に嫌気が差す。

畳の上で頭を抱えていると、小さな鏡を覗き込み軽く化粧をしていた母が、ちらりとこちらを見た。

「どうしたの？」

「……私ね、小さな頃、そこの窓の縁に座って星を見上げていれば、どんないやなことも忘れられたんだ」

そう言って寝っ転がったまま手を上げ、窓辺を指差す。

子どもの頃私の部屋として使っていた畳敷きの六畳間。

当時の机も本棚も今はもうないけれど、天井には自分で貼った星形の蓄光《ちくこう》シールが残っている。

晴れた日は窓の外を、曇りや雨の日は天井に貼ったお手製の星空を見上げて、いやなことを頭から追い出したのに。

「それなのに今は、星を見ても月を見ても山を見ても、同じ人のことばっかり考えてる」

両手で顔を覆ってため息をついた私に、母はくすりと笑った。

「真央も、そんなふうに心から大好きと思える人ができたのね」

ら母を見る。

その優しい声色がなんだかくすぐったくて、畳の上でごろごろと寝返りを打ちなが

「……お母さんは、お父さんのこと心から好きだった？」

そう問いかけると「好きだったわよ」とあっけらかんとした答えが返ってきた。

あまりにすんなり言われて、ちょっと驚いてしまった。

私の記憶の中の父は、いつも酔っていて乱暴な印象だったから。

「真央は機嫌の悪いお父さんのイメージしかないかもしれないけど、酔ってないときは優しい人だったのよ。少し心が弱い部分があって、それをうまく人にさらけ出せなくて、お酒を飲んで発散していたのね、きっと」

私の考えを見透かしたように、母が鏡を見つめながら言う。

「あの頃お母さんは、お父さんにお酒を飲ませないようにすることばかり考えていたけど、そうじゃなくて、ちゃんとお父さんの気持ちをわかってあげようとしなきゃだめだったんだと思う。もっと寄り添ってたくさん話をしていれば、真央に怪我をさせることもなかっただろうし、お父さんの病気だって……」

言葉を詰まらせた母に、胸が苦しくなる。

「後悔してる？」

私が聞くと、母は視線を鏡からこちらに向けた。

そして真剣な表情でうなずく。

「たくさんしてる。お互いにもっと信頼して心を開けばよかったって」

私の怪我がきっかけでお酒を断ったけれど、その後すぐに肝臓がんで亡くなってしまった父。

もしもっと早く話し合い、お酒を控えるようにしていたら違う道があったのかもしれない。

母の言葉を聞きながら、ペンションで由美子さんと話したことを思い出す。

心をさらけ出すのは勇気がいるけど、信頼する相手とならわかり合える。由美子さんもそう言っていた。

母も由美子さんも、同じことを私に教えてくれているんだと気づく。

「だから、真央は後悔しないように、頑張りなさい」

優しい声でそう言われ、じわりとまぶたの奥が熱くなった。

「お母さん……」

「あ、そうそう、忘れるところだった。お母さん仕事に行くけど、お米がなくなったから買っといて」

感極まっている娘に向かって、思いついたようにポンと手を叩いた。

「お米？」

「あと牛乳と卵と、明日の朝のパンとか、買ってきてほしいものメモしておいたから。よろしくね」

「え、こんなに？」

手渡されたメモを見て、容赦ない品数に目を見開いた。

この田舎町を走るバスの本数は限られている。

日用品を取り扱う商店までは歩いて十五分。

お米や牛乳のような重たいものに加え、こんなにたくさん買ってこいなんて鬼の指令だ。

「どうせ家でごろごろしてるだけなんでしょ？　ナマケモノに退化する前に、そろそろ少しは外を歩きなさい」

ぴしゃりと言い切られ、顔をしかめた。

太陽は高く外は暑い。

着替えるのも面倒で、Tシャツの上に薄手のパーカーを羽織り、リュックを背負って外に出た。

小さい町なので、道行く人はだいたい顔見知りだ。

「真央ちゃん大きくなったねぇ」なんて声をかけられ「こんにちは」と挨拶をしながら歩く。

ようやく商店が見えてきて、額に浮かんだ汗を腕で拭いながらお店に入る。

お米に牛乳にパンに……。

メモを見ながらカゴに品物を入れていき、その量の多さに怖気《おじけ》づきそうになった。

母の通勤用の車を使えば楽に運べるのに。

恨みがましく思いながらも、家でゴロゴロしているだけの私が車を貸してなんて言えるはずもなく、仕方なく持ってきたリュックに荷物を詰める。

そしてぱんぱんに膨らんだリュックを背負い、入りきらなかったお米は胸に抱えて店を出た。

前にも後ろにもおもりをつけた状態で、さすがに足元がおぼつかなくなった。

でも頑張らなきゃ、とお米を抱え直していると、背後からチリンチリンとベルの音が聞こえた。

自転車だなと、端にずれて道を譲ろうとする。

けれど後ろから来た自転車は私を追い抜かすことなく隣に並んだ。

「真央ちゃん」

そう名前を呼ばれ、目を見開いた。

「あ……！」

眼鏡をかけた優しい笑顔。柔らかい声。

六年ぶりの再会なのに、すぐに思い出せた。

大学時代付き合っていた、五藤《ごとう》くんだ。

「え、どうして五藤くんが？」

彼の地元はこの町じゃないはずだ。驚いて疑問をそのまま口にする。

「俺は今、町内の中学校で教員をしてるんだ。もともと同じ管内の違う学校にいたんだけど、この春から赴任《ふにん》になって。真央ちゃんの地元だってことはわかってたんだけど、
まさか会えるとは思わなかった」

「そうなんだ。びっくりした……」

ほぉーっと息を吐き出す私を見て、五藤くんがくすくす笑う。

「それにしても、すごい荷物だね」

「あ、母に買い物に行って来いってこき使われて」

笑いながら荷物でいっぱいのリュックを見せると、「運ぶのを手伝うよ」と言ってくれた。

「いいよ、重いから」

「大丈夫。頼りなさそうに見えるかもしれないけど、これでも一応男ですから」

私の背中からリュックを奪うと軽々と背負い、抱えていたお米を自転車の荷台に積んでくれる。

「ありがとう」

荷物の重さにへこたれそうになっていたから、本当に助かった。

そのまま並んで歩き出す。

「家はどのへん？」

「十分くらい歩いたところのアパート」

「実家に帰って来てるの？」

「そう。久しぶりに長いお休みがとれたから」

「仕事はなにを？」

「小さいプラネタリウムの解説員」

「へぇ！」

次々に投げられる質問に答えていると、五藤くんが嬉しそうに笑った。

「やっぱり真央ちゃんは今でも星が好きなんだね。よく一緒に天体観測したもんな」

付き合っていたときのことを持ち出され、ちょっと気まずくなる。

けれど五藤くんは気にする様子もなく話を続ける。

「俺は理科の教員をしてるんだ」

「そうなんだ。学校の先生って、五藤くんに合ってると思う。優しいし、教え方もうまいだろうし」

「ありがとう。今度、真央ちゃんの働くプラネタリウムを見に行ってもいい？」

「うん、今は改装中で休館してるけど」

「じゃあ、改装が終わったら行くから、連絡先教えてくれる？」

「え？　うん、いいよ。家にスマホを置いてきているからメールアドレスで良ければ……」

「──真央ちゃん、結婚してる？」

「え、してないよ」

反射的にそう答えてから、「ん？」と少し引っかかった。

この流れでする質問かな？　と不思議に思っていると、五藤くんが「よかった」とほっとしたように笑った。

よかった?

ますます疑問に思い、首を傾げる。

話しているうちに、アパートの前に到着した。

「あ、うち、ここだから」

荷物を受け取ろうとすると、リュックではなく五藤くんに手を握られた。

強い力に、驚いて目を見張る。

「真央ちゃん、あのときはごめん」

このまま、何事もなかったようにしてくれればいいのに。

六年も前のことを今さら謝られても、苦笑するしかない。

「いや、五藤くんはなにも悪くないから……」

「でも俺の態度で真央ちゃんを傷つけたこと、ずっと後悔してた」

「傷跡を見たくないと思うのは、仕方ないことだし」

なんて言いながら、苦しくなる。

清瀬さんだって無理をして優しくしてくれただけで、内心は五藤くんと同じように
いやだって思っていたんだ……。

「あのさ、手術で傷跡を目立たなくできるの、知ってる?」

「え?」

五藤くんにそう言われ、思わず眉をひそめた。

「真央ちゃんのことは本当に好きだった。その、傷さえなかったら、うまくやっていけたと思ってる。だから……」

その言葉を聞きながら、自分自身を否定されているような気分になった。

小学生のときから脇腹にある傷跡。

自分でも痛々しいと思う。凹凸も残っていて、見て気持ちいいものじゃないのもわかってる。でもわざわざ手術をして消さないといけないものなんだろうか。

私が口を開きかけたとき、突然背後からきつく抱き締められた。

強引な腕の感触。たくましい胸板。ふわりと漂う甘い香り。

振り返らなくても、それが誰のものかすぐにわかる。

「悪いが――」

私を腕の中に抱きながら、五藤くんを見据える鋭いまなざし。

「真央は俺のものだ。なにがあっても他の男に譲る気はない」

「清瀬さん……?」

見上げると、彼の横顔が見えた。怒りを纏っていても相変わらず見惚れてしまいそうなほど端正な横顔。

どうしてここに清瀬さんがいるんだろう？　驚きで目を丸くする私を無視して、清瀬さんは五藤くんを見下ろす。

「傷があってもなくても、関係ない。俺は、ありのままの真央を愛してる」

清瀬さんの真っ直ぐな言葉に心が揺さぶられた。

じわりと目頭が熱くなって、慌てて口元を手で覆う。

「そっか……。こんな素敵な彼がいるなら、俺の出る幕なんてないね」

清瀬さんの言葉を聞いた五藤くんが肩を落とした。

「真央ちゃん、傷が消せるなんて、余計なことを言ってごめんね」

五藤くんが頭を下げると、その言葉を聞いた清瀬さんが私を抱き締めていた腕をほどいてくれた。

私は五藤くんに向かい合い、「気にしないで」と笑いかける。

彼だって悪気があったわけじゃないのは、ちゃんとわかってる。

重たい荷物を運んでもらったことにあらためてお礼を言ってから、五藤くんにもう一度笑って手を振った。

そして清瀬さんのことを振り返ると、思いっ切り仏頂面を向けられた。

思わずたじろぐと、私と向き合った清瀬さんが手を伸ばし、着ていたパーカーのファスナーを閉じて、すごい勢いで一番上まで上げる。

「わ、なんですか⁉」

急に首までしまったパーカーに目を丸くすると、「他の男の前であまり無防備な格好をするな」と叱られた。

「え、無防備ですか？」

Tシャツにショートパンツ姿の軽装だけど、胸元が開いているわけでもないし、ちゃんとパーカーを羽織っていたし。

首を捻っていると、ふたたび腕をつかまれ胸の中に引き寄せられた。

背中に回った清瀬さんの腕が、痛いくらいきつく私の体を抱き締める。

「清瀬さん……？」

おずおずと名前を呼ぶと、長いため息が聞こえた。

私のことを抱き締めて安堵しているように見えた。

「あの、ここ外ですし、よかったら家の中に……」

小さくもがきながらそう言うと、清瀬さんはうなずいて抱き締めていた腕を緩めてくれた。

買ってきた食材を冷蔵庫にしまい、清瀬さんにお茶を出す。

清瀬さんは我が家のリビングのソファに座っていた。

ずっと住んでいたこの家に清瀬さんがいるのが、ものすごく違和感というか不思議な感じがする。

「……ここで真央が生まれ育ったんだな」

優しい視線で部屋の中を見回しながらそう言う清瀬さんに、うなずきながら隣に座る。

「ご家族は留守にしてるのか?」

「はい。母がひとりで住んでいるんですけど、看護師をしていて今日は夕方まで勤務らしいです」

「そうか。じゃあ仕事から帰って来た後に挨拶をさせてもらってもいいか?」

「挨拶、ですか?　いいですけど」

応えながら尋ねる。

「それにしても清瀬さん、こんなところまでどうしたんですか?」

「どうしたって、真央を迎えに来たに決まってるだろ！」

「私を、迎えに⁉」

「メッセージを送っても既読にならなくて、電話をしても出なくて。不思議に思って長谷館長に聞いたら地元に帰ったっていうから、住所を聞いて、必死に仕事を調整して……」

忙しい清瀬さんが、私のためにわざわざこんな遠い場所まで来てくれるなんて……。

驚いた私を、清瀬さんがじっと見つめる。

いつもの余裕の表情ではなく、どこか切羽詰まった様子で。

長い指がこちらに伸びてきて、私の頬に触れた。そのまま、まるで私が本物か確かめるように、そっと頬の輪郭をなぞる。

「このまま、真央を失ってしまうんじゃないかと思った」

振り絞るような切ない声に、胸が締めつけられる。

「そんな。三日連絡が取れないくらいで、大げさ……」

震える息を吐いて無理やりに笑おうとした私を、清瀬さんが強引に引き寄せた。

胸の中に抱き締められて、言葉の続きが出なくなる。

「三木に会ったんだろ？」

ぽつりと言われ、息を呑んだ。

どくんどくんと、心臓が大きな音を立てる。

「どうして……」

かろうじてそうつぶやくと、清瀬さんが大きなため息をつく。

「それも長谷館長に聞いた。彼女が天球館に尋ねて来てから、真央の様子がおかしかったって」

そう言われ、なんと言っていいのかわからず口ごもる。

私の顔を清瀬さんが覗き込んで、低い声で尋ねた。

「三木に、なにを言われた」

その強い口調に、誤魔化すのは無理だと悟り、口を開く。

できればこんなこと、聞きたくなかった。

だって、そうだと肯定されたら、一体どんな顔をすればいいかわからない。

「三木さんは、婚約者、なんですよね……？」

平静を装おうとしたのに、口にした言葉は小さく震えていた。

違うって、否定して。

心の中でそう願う。

三木さんは婚約者なんかじゃないって、そう言って。

けれど、清瀬さんは私を抱き締めたまま、口を開いた。

「……そうだ」

その言葉に、一気に血の気が引いていくような気がした。

三木さんの言葉は、本当だったんだ……。

涙が溢れそうになり、慌ててうつむくと、「真央」と名前を呼ばれる。

思わずびくっと肩を震わせると、清瀬さんが抱き締めていた腕をほどき、両手で私の頬を包んだ。

うつむいた顔を持ち上げられ、おずおずと視線を上げる。

清瀬さんは真剣な表情でこちらを見つめていた。

「真央、聞いてくれ」

懇願するような声色《こわいろ》に、息を呑む。

「俺の父親と三木社長の間で、子どもたちを結婚させようという話があった。三木コーポレーションはこれから海外展開を見据えるプレデアスにとって魅力的な企業で、お互いに手を組みたいと考えていたのも事実だ」

誤魔化すことなく真実を告げられ、心が擦り切れるように痛んだ。

やっぱり、清瀬さんにふさわしいのは、私ではなく三木さんなんだ。

込み上げてくる涙を誤魔化すためにうつむきたいのに、清瀬さんの手が私の頬を包んでいるせいで顔を逸らすこともできない。

せめて涙がこぼれないように肩で息をして必死にこらえる。

「でも、俺はそんな話、一度だって了承したことはない」

予想外の言葉に、驚いて目を瞬かせる。

「え……?」

「たしかに三木と結婚して三木コーポレーションとの結びつきを強くすれば、プレアデスとしては有利だろうが、俺は会社のために愛のない結婚をするつもりなんてない」

見開いた目から、ぽろりと涙がひと粒こぼれてしまった。

清瀬さんは優しく笑いながら、潤んだ目じりをそっと指で拭ってくれる。

「縁談は親同士が勝手に決めた話だ。三木社長から娘の社会勉強にと頼み込まれて、しばらく秘書として働いてもらってはいるが、俺は彼女に好意を持ったことは一度もない」

「本当に……?」

確かめるように清瀬さんの目を見つめると、優しく微笑んでくれた。

「愛しているのは、真央だけだ」

偽りのない真っ直ぐな言葉に、胸が熱くなる。

「親が決めたことだとはいえ、縁談の話があることを黙っていて悪かった。父を説得してはっきり断るつもりだったから、今話しても不安にさせるだけだと思って黙っていた」

きっぱりと言われ、肩から力が抜けた。

「よかった……」

こちらに腕を伸ばし、隣に座る私を抱き寄せようとする清瀬さんに、「でも」と言って胸を押しやる。

「真央……？」

「清瀬さん、無理をしなくていいんですよ」

「無理って……」

無理やり笑顔をつくった私を、清瀬さんが困惑したように見つめる。

「清瀬さんは優しいから、本当は気になるのに、気にならないふりをしてくれたんですよね」

「なんの話をしているんだ」

「素直に言えば、私が傷つくと思って、気を遣ってくれたんですよね」

苦しくて、パーカーの襟元を握り締めながら必死に笑う。

こんな私を愛してくれる清瀬さんに、本心を言ってほしいと思うのは、欲張りなんだろうか。

傷があってもなくても、ありのままの私を愛してると言ってくれたのに、その言葉を信じられないなんて、ひねくれているんだろうか。

でも……。三木さんの言葉がどうしても忘れられなかった。

「清瀬さんも、私の傷跡が気になるなら、気を遣わないで正直に言ってくれてよかったのに。優しい言葉をかけてもらって、本当はいやがられているっていう方がずっと傷つきます」

うつむきながら言うと、震える私の肩に大きな手が触れた。

「どういう意味だ？」

肩に置いた手に力を込められ、涙が溜まる。

「三木さんに言われました。清瀬さんと別れる手切れ金代わりに、傷を消してあげますよって。清瀬さんが私の傷のことを三木さんに言ったんですよね？」

私の言葉に、清瀬さんが目を見開いた。そして、大きく顔をしかめる。

「そんなことは言っていない」

「でも三木さんは、私の体に醜い傷跡があることを清瀬さんから聞いたって、言ってました」

言いながら、必死にこらえていた涙が溢れた。一度溢れると、もう止めることができずに、次から次へと涙が頬を伝う。

私のいないところでふたりがそんな会話をしていたなんて、考えるだけで悲しくて胸が張り裂けそうだ。

嗚咽まじりの私の言葉に、清瀬さんが顔色を変えた。

「真央の傷を醜いなんて言うはずがない」

「うそ！　じゃあどうして三木さんが傷のことを知ってるんですか……⁉」

叫ぶように言うと、頬を伝っていた涙がぱたぱたと音を立てて落ちた。

六年前、五藤くんに拒絶されたときも悲しかったけど、今はそれよりもずっと苦しい。

「真央、信じてくれ」

こちらに伸ばした清瀬さんの腕を振り払おうとしたけれど、力で敵うはずもない。

「や……」

きつく抱き締められ、だだをこねる子どものように清瀬さんの胸を叩いた。

「真央」

低い真剣な声で名前を呼ばれ、胸を叩く手が止まる。

「愛してる」

鼓膜を震わせる甘い言葉に、体から力が抜けていく。

その声からも真っ直ぐに見つめる視線からも、私への愛情が溢れていたから。

理屈じゃなく、彼に心から愛されてることを思い知らされる。

「傷も過去も、ありのままの真央のすべてが愛しくてたまらない」

「本当に……？」

しゃくりあげながら問うと、優しく唇を塞がれた。

唇が離れると見つめ合い、またすぐにキスをする。

私の後頭部に大きな手が回り、キスが深くなっていく。

「き、よせさん……っ」

とぎれとぎれに名前を呼ぶと、彼が目元だけで柔らかく微笑んだ。

着ていたパーカーのファスナーを下げて脱がせると、私の体をソファに押し倒した。

顔にかかる髪をかき上げながらこちらを見下ろす清瀬さんの黒い瞳が、熱を持っていく。

清瀬さんが、私の着ているTシャツの裾に手をかけた。

前に体を見せたときは、薄暗い部屋の中だった。

だけど今はちがう。真夏の日差しが差し込む明るい場所で肌を見せるのは少し怖い。

清瀬さんの手をぎゅっと握ると、私を安心させるように優しく笑った。

裾をわずかにめくり上げ、肌の上を指でなぞる。

「前に、ふたりで見た流れ星」

「え……？」

ぽつりと漏れた言葉に、目を瞬かせる。

すると清瀬さんは身を屈め、私の傷の上にそっと唇を這《は》わせた。

肌に触れた温かい感触に、驚いて身をよじる。

「ん……、清瀬さん……っ。そんなところにキスなんて……っ」

脇腹の傷の上を優しく唇で食まれ、びくんと体が震えてしまう。

「夜空に燃えて消える、流れ星の軌跡《きせき》みたいだ」

清瀬さんは薄っすらと白く盛り上がった傷跡を指でなぞり、優しい声でそう言った。

その瞬間、胸に温かいものが込み上げて、慌てて両手で顔を覆った。

この傷を、そんな綺麗なものに喩《たと》えてくれるなんて。

「……そんなことを言われたら、私までこの傷を愛しいと思ってしまいます」

涙声でつぶやく私に、清瀬さんは顔を覆う手をゆっくりと下ろさせ、甘いキスをしてくれる。

悲しみや苦しみが、清瀬さんの腕の中で自然と解《ほど》け溶けていく。

三木さんがどうして傷のことを知っていたのかはわからないけれど、教えたのは清瀬さんじゃない。

この人は絶対、私の傷を醜いなんて言ったりしない。

今は、心からそう信じられる。

清瀬さんの首に腕を回し、しがみつくように抱きつくと、私の気持ちが伝わったのか、たくましい肩から力が抜けていくのがわかった。

こつんと額を合わせると、至近距離で目線が合って、お互いに自然と笑みがこぼれてしまう。

「愛してるよ、真央」

胸がいっぱいでうまく言葉が出てこない。

涙声でなんとか「私も」とつぶやくと、清瀬さんはとろけるような笑みを浮かべる。

明るい部屋の小さなソファの上で、私たちは何度もキスをして抱き締め合った。

ふいに清瀬さんの肩越しに星を見つけて「あ！」と声を上げる。

不思議そうに背後を見る清瀬さんに、天井に向けて指を差してみせる。

「昴です」

ソファに寝転ぶとリビングから続く和室の天井が見えた。蓄光シールで作った星空がそこにある。

「子どもの頃、自分でシールを貼って星空を作ったんですよ」

「どれが昴？」

「冬の大三角形があってオリオン座があって、オリオンの三ツ星をたどっていくとある、小さな星の集団」

指を差しながら説明すると、無事発見したようで清瀬さんが笑みをこぼした。

「あそこか」

「小さい頃私は、あの星が大好きでいつも見上げて眠っていたんですよ」

「へぇ、それは妬けるな」

「妬けるって、相手は星ですよ？」

目を丸くする私を胸の中に抱き締めて、くすくす笑いながらこつんと額を合わせる。

幸せだという実感が湧き上がり、胸が苦しくなる。

狭いソファの上にふたりで寝ころんで、手作りの星を見上げながら微笑み合ってキスをした。

「それにしても、清瀬さん、こんなところまで来てお仕事は大丈夫なんですか?」

私が心配をかけてしまったせいとはいえ、忙しい彼がこんなにのんびりしていていいのだろうかと気になる。

「あぁ、オーベルジュの最大の問題も解決したし」

「問題?」

「寺沢さんがシェフを引き受けてくれることになった」

その言葉に、思わずぱぁっと笑顔になる。

「それはよかったですね!」

「プレアデス香港をオープンさせて、新規事業としてオーベルジュを立ち上げて。今までは後継者として周りを納得させるために全力で走り続けていたが、これからはもっと落ち着いて仕事ができるようになる。多少、時間の余裕もできる」

「よかった……」

今までの仕事のペースではいつか体を壊してしまうのでは、なんてちょっと心配だったけど、清瀬さんの言葉にほっとして笑う。

するると清瀬さんに、苦しいくらいきつく抱き締められた。

「このまま真央を俺のものにしてしまいたい」

「え?」

腕の中に閉じ込められて熱のこもったささやきに目を瞬かせると、清瀬さんが耳元で「抱きたい」とかすれた声でつぶやく。

「だ、抱きたいって……っ」

動揺のあまり涙目になってしまった私を見下ろして、清瀬さんが小さく顔を歪めて笑った。

「でも、さすがに真央の実家でそんなことはしないから安心しろ」

そうは言いつつも、頭上からこぼれてくる声には苦渋《くじゅう》がにじんでいた。それだけ私のことを求めてくれているんだと感じて、鼓動が速くなる。

「今日挨拶をした後真央を連れて帰ったら、お母さんは寂しがるかな?」

「いえ、実家に帰ってきても家でダラダラしているだけで母には邪魔者扱いされていたので、逆に喜ばれると思います」

私がそう言うと、清瀬さんは目を丸くした後楽しげに笑った。

仕事中の母に、付き合っている人が迎えに来てくれて挨拶をしたいと言っている、とメッセージを送ると、ものすごい上機嫌で帰ってきた。

「突然お邪魔して申し訳ありません。真央さんとお付き合いさせていただいています、清瀬昴と申します」

「あらあらあら！　わざわざこんな田舎までありがとうございます。真央の母です」

挨拶と言っても、もっと軽いものを想像していた私は、しっかりと頭を下げた清瀬さんを見て驚いてしまう。

そんな私とは対照的に、〝娘の恋人との対面〟という初イベントに目を輝かせている母。

実家のリビングのテーブルを挟んで向かい合うふたりを見ながら、なんだかこういう光景はどこかで見たことあるなと既視感《きしかん》を覚える。ドラマなんかでよくある、『お嬢さんを僕に下さい』と頭を下げるシーンみたいだ。

「清瀬さんは副社長をされているのね。これだけ立派な会社の跡取りだったら、いくらでもお付き合いしたいという女性はいるでしょうに、なんでわざわざうちの娘を？」

あまりに率直すぎる母の感想に、清瀬さんの隣で私は思わず苦笑いする。

けれど清瀬さんは少しも動じることなく口を開いた。

「真央さんの真っ直ぐでとても純粋なところに惹かれました。はじめて彼女の星座解説を聞いたときからずっと」

私の星座解説に惹かれたって、いつのことだろう。

記憶を遡《さかのぼ》りながら清瀬さんを見ると、彼は私と目を合わせ話を続ける。

「去年の冬、新しい事業の立ち上げの候補地を探しているときに、偶然、坂の上天球館に立ち寄って真央さんの星座解説を聞いたんです」

「え、そんな前に？」

知らなかった。清瀬さんがその頃に来てくれていたなんて。

「新しく建てるオーベルジュのことで関わるようになってからは、頑なところや繊細で臆病なところ、でも強くて優しいところ。彼女のいろんな面を知るたびにどんどん惹かれていきました」

母の目の前で臆面《おくめん》もなく褒められて、居心地の悪さに思わず顔を覆った。

「清瀬さん、恥ずかしいので勘弁してください……」

「どうして？　これでもかなり控えめに伝えているつもりだけど」

指の間から清瀬さんを見ると、甘く微笑みかけられぶわっと赤面してしまう。

「真央がずっと上の空でなにかを悩んでいたから心配していたけど、ちゃんと愛されて幸せなのね」

「うん」

照れながらうなずくと、隣で清瀬さんが口を開いた。

「真央さんを一生幸せにします」

その言葉に驚いて、思い切り咳き込んでしまった。

「き、清瀬さん。一生幸せにって、まるで結婚の挨拶みたいですよ」

「みたい、じゃなくて結婚するつもりなんだから、当然だろ」

「ちょっと清瀬さん、気が早すぎます！」

結婚なんて、私たちはまだ付き合いはじめたばかりなのに！

「真央は俺と結婚するつもりはないのか？」

「い、いつかは、そうなれたらいいなとは、思いますけど！」

「じゃあ、問題ないな」

パニックになって慌てる私と、満足そうに言う清瀬さん。

「でも、うちはいいとしても、清瀬さんのご家族は……？」

清瀬さんのご両親は、三木コーポレーションと縁談を結ぼうとしていたんだから、清瀬さんにはグループの後継者の妻にふさわしい家柄の女性との結婚を望んでいるはずだ。

　私なんかが歓迎されるわけがない。

うつむくと、大きな両手で頬を包まれた。優しく「真央」と呼ばれ、下を向いていた顔を上げさせられる。

「仕事を支えるパートナーなら信頼できる有能なスタッフがいくらでもいるし、政略結婚をしなければこの先生き残っていけないような、不安定な経営はしていない」

　力強く言われても、「でも……」としり込みしてしまう。

「どんな縁談を持ってこられても、俺は真央以外の女には興味がないんだ。それに好きな女一人を幸せにできない男に、ゲストを幸せにする一流のホテルが作れるわけがないだろ？　両親にはどんなことをしても、認めさせてみせるよ」

　熱い視線を向けられて、頭に血が上る。

　清瀬さんがかっこよすぎて、くらくらしてしまいそうだ。

　そんな私たちのやりとりを見て、「臆病な真央と強引な清瀬さんで、なかなかいいコンビじゃない」と母が声を上げて笑った。

　そして目元に浮かんだ涙を拭い、一息つく。

「清瀬さん。あなたがちゃんと真央を愛してくれているのは伝わりました」

そう言われた清瀬さんは、真っ直ぐに母を見つめながらうなずいた。

「不器用で少し頑固な娘ですが、よろしくお願いします」

母が真剣な表情で頭を下げる。

なんだかその光景に感極まって黙り込んでいると、母の視線がこちらに向けられた。

「真央」

名前を呼ばれ、思わず背筋を伸ばす。

「あなたは照れくさがっているけど、清瀬さんのように愛情を言葉にしてくれる人はとても少ないのよ。普通の男の人は言わなくても伝わるものだと思っているから」

「はい」

母の言葉に、無口でお酒ばかり飲んでいた父の記憶がよみがえる。

「清瀬さんの愛情にちゃんと感謝して、与えられることを当然だと思わないこと。そして、何年経っても愛される努力とお互いを理解しようとする努力を怠らないこと。そうすれば、きっと幸せになれるから」

「……はい」

母の言葉に鼻の奥がツンと痛くなってうつむくと、膝の上においていた手に清瀬さんの手が触れた。

テーブルの下で大きな手のひらにぎゅっと包まれて、幸せを感じてさらに瞳が潤んでしまった。


清瀬さんの運転する車に乗り、数時間かけてようやく帰ってきた港町。

この距離を、清瀬さんは私のために駆けつけてくれたんだと思うと、改めて愛されていることを実感する。

プレアデスホテルの三十二階、清瀬さんが自宅として使っているスイートルームに入ると、有無を言わさず奥のメインベッドルームへと手を引かれ、歩いていく。

この先のことを想像して怖気づきそうになった私を、閉じ込めるように扉が閉められた。

「真央」

名前を呼ばれ振り返ると、清瀬さんが胸元のネクタイに長い指を掛けていた。

乱暴に結び目を緩めるとそのまま音を立てて抜き取る。その仕草が色っぽくて思わず息を呑む。

「あ、あの、清瀬さん……。シャワー、とか……」

動転しながら視線を逸らすと、彼が広い歩幅で距離をつめた。

そして軽々と私の体を抱き上げる。

「真央、もう待てない」

真剣なまなざしに、どれだけ彼が私を求めているのかが伝わってきた。

横抱きにした私の体をそっとベッドの上に下ろすと、清瀬さんがこちらを見下ろす。

ゆっくりと顔が近づいてきて、キスをされる、と少し身構えると、私の瞳の奥を探るようにじっとこちらを見つめた。

「清瀬さん……」

「怖いか？」

そう問われ、首を横に振る。

「こ、怖くはないです、けど」

「けど？」

「あの、私、こういうことははじめてなので、どうしたらいいのかわからなくて。無知すぎて清瀬さんをがっかりさせたらどうしよう、とか……」

戸惑いながらつぶやいた言葉に、清瀬さんがため息をつく。

もしかしてあきれられてしまった……？

不安になって彼の様子を窺うと、困ったようにこちらを睨む清瀬さん。

「あんまり可愛いことを言って煽《あお》るな」

「あ、煽っているわけでは……！」

慌てて首を横に振って否定すると、彼が目元だけで優しく笑った。

後頭部に大きな手が回り、唇が塞がれた。

清瀬さんの唇が私の唇を甘く噛んで、内側の湿った粘膜を柔らかく舐《な》める。

お互いの体温をなじませるようなゆっくりとしたキスが心地良くて、どんどん感度が上がっていく。

「ん……っ」

思わず湿った吐息を漏らすと、歯の間を柔らかな舌が割って入ってきた。

その感触に背筋が溶けてしまいそうになる。

奥まで入ってきた舌に上顎をなぞられて、ぞくぞくと甘い刺激が走る。

目の前にある清瀬さんの肩にぎゅっとしがみつくと、彼がキスをしたまま喉の奥で笑った。

薄っすらと潤んだ目を開くと、至近距離で目が合った。

ベッドの上で組み敷かれるのははじめての経験なのに、少しも怖くなかった。

それよりも欲望が勝ってしまう。

もっと清瀬さんに近づきたい。もっと触れて、触れられて、清瀬さんのぜんぶを知りたい。

「清瀬さん……」

キスの間に名前を呼ぶと、彼が甘い笑みをこぼす。

横たわる私の服を脱がせ、大きな手で優しく体をなぞりながら、ゆっくりと身を屈めた。

「真央」

私の肌の上に白く走る星の軌跡のような傷跡にキスを落としながら、目元だけで私に微笑む。

「真央の心も体もこの傷跡も、ぜんぶ俺だけのものにしていいか?」

そう問われ、泣きそうになりながら私はうなずいた。

「……もうとっくにぜんぶ、清瀬さんのものです」

私の言葉に清瀬さんが幸せそうに笑った。

傷跡だけではなく私の体のすみずみにまでキスの雨を降らせ、たくさんの愛の言葉をくれた。

ベッドの上で清瀬さんに溺れそうなほど愛されて、幸福感に満たされながらゆっくりと目を閉じた。

プロポーズは星降る夜に

スイートルームのダイニングに並べられたおいしそうな朝食。

それを前に私はものすごく困惑していた。

なぜなら私が今座っているのは椅子ではなく、清瀬さんの膝の上だから。

「あの、清瀬さん下ろしてください」

おずおずとお願いしても、清瀬さんは涼しい顔で首を横に振る。

「昨夜、無理をさせたおわびに今日は真央をとことん甘やかすことに決めたから、大人しくしていろ」

膝の上で私を横抱きにして、フォークを使ってサラダを私の口元に運ぶ。

もういい大人なのに、膝の上に抱かれてご飯を食べさせられるなんて、恥ずかしすぎる。そう思いながらも口を開いて差し出されたサラダを食べると、清瀬さんが満足そうに笑った。

比べようがないからわからないけど、一緒に過ごした昨夜は、清瀬さんはとても優しくしてくれたと思う。

だけど、はじめての経験に翻弄《ほんろう》された私は、朝起きるとひとりでは立てないくらいよろよろになってしまっていた。

ベッドから起きようとして力が入らずその場にすとんとしゃがみ込んでしまったとき、腰が砕けるってこういうことをいうのかと妙に納得した。

「真央が立てなくなったのは俺の責任だから」と清瀬さんが私を抱き上げ、徹底して甘やかされて……今に至る。

膝の上で真っ赤な顔でもぐもぐと口を動かす私を見て、清瀬さんは機嫌良さそうに笑っていた。

左手で私の髪をなでながら「次はなにを食べたい？」と問われる。

「私はいいですから、清瀬さんがちゃんと食べてください」

私ばかりで清瀬さんはさっきからぜんぜん食べていない。

「じゃあ、食べさせてくれるか？」

顔を覗き込まれ、どきまぎしてしまう。

食べさせてもらうのも恥ずかしいけど、彼にあーんなんて食べさせてあげるのも照れくさい。

「自分で食べてください」

「真央を膝に抱いているから食べづらい」

「私を下ろしてくれればいいと思いますよ」

そんなやりとりをしていると、来客を告げるインターフォンが鳴った。

「わ、誰か来ましたよ。下ろしてください……！」

前もこんなやりとりをしたなと思いながらじたばたしていると、扉が開かれる。

「副社長、失礼します」

部屋に入ってきたのは、清瀬さんの秘書の遠山さんだ。

冷静沈着《れいせいちんちゃく》な彼はスイートルームのダイニングで、清瀬さんの膝の上に横抱きにされて涙目になっている私を見ても、動揺するそぶりもない。

「お食事中でしたか」

テーブルに目をやってから私を見て「夏目様、おはようございます」と穏やかな笑みを向けてくれる。

「いや、あの、これは……。清瀬さん、下ろしてくださいっ」

膝の上で甘やかされているところを見られてしまったのが恥ずかしくてもがいたけれど、清瀬さんは私を降ろそうとしない。

「今日は休日のはずだが？」

このスイートルームは執務室を兼ねてはいるけど、清瀬さんの自宅でもある。

勤務時間外になにをしようと文句を言われる筋合いはないんだろうけど、それでも秘書にこんなところを見られて平然としている清瀬さんもどうなんだろうと思ってしまう。

「申し訳ありません。三木のことですが、夏目様がご心配をなさらないようにとり急ぎご説明した方がいいかと思いまして」

三木さんの名前を出され、思わず体が強張る。

それに気づいた清瀬さんが、私の肩を抱きながら遠山さんに視線を向ける。

「三木はもともと来月までの契約でしたが、彼女から退職したいと申し出があり、社長に相談の上、昨日付で退職してもらいました」

遠山さんの言葉に、清瀬さんが「わかった」と短く応える。

「きっと、夏目様と連絡が取れなくなってひどく取り乱した副社長の姿を見て、悟ったんでしょうね」

清瀬さんがそんなに取り乱していたの？

不思議に思って清瀬さんの顔を見ると、余計なことは言うなと言いたげな険しい視線を遠山さんに向けていた。

遠山さんは清瀬さんに睨まれても涼しい顔で「こほん」と咳払いをする。そしてこちらになにかを差し出した。

「それから三木が、これを置いていきました」

調査報告書在中と赤文字で書かれている、興信所の社名が印刷されたシンプルな茶色の封筒。

「内容は確認しておりませんが、三木は夏目様についてなにか探っていたようです」

三木さんが私の傷について知っていたのは、興信所を使って調べていたからなんだ。もしかしたら傷のことが原因で大学時代の恋人と別れ、それがコンプレックスになったことも情報に上がっていたのかもしれない。

封筒を受け取った清瀬さんと目を合わせる。

清瀬さんは、「これは廃棄する」と中を見ることもなく封筒をテーブルに置いた。

『必要なのはあなたじゃなくて、私です』と、真っ直ぐに私を見つめて言った三木さんの表情を思い出す。政略結婚だとしても、きっと、彼女は清瀬さんのことが好きだったんだ。

「夏目様」

「はい！」

遠山さんの視線が清瀬さんから私に移り、思わず背筋を伸ばす。

「寺沢シェフとの交渉に協力していただいたこと、社長が大変感謝しておりました。彼がまた表舞台に戻るという噂で業界は持ち切りです。ありがとうございました」

深々と頭を下げられ、私は慌てて首を横に振る。

「いえ、感謝されるようなことは、なにもしていないので……」

「オーベルジュのオープニングイベントで、社長がぜひご挨拶をさせていただきたいとのことです」

「あ、はい。ぜひ。よろしくお願いします」

少し緊張しながら頭を下げる。

清瀬さんのお父さんは、どんな人なんだろう。

「ではお食事中に失礼しました」

優雅なお辞儀をしてから出ていった遠山さん。ぱたりと閉められたドアを眺め、清瀬さんが苦々しく言う。

「……近いうちに、ここととは別に部屋を借りよう」

「え？　どうしてですか」

彼の舌打ちに目を丸くする。

「こうやって不意打ちでやって来た遠山に、真央の無防備な姿を見せたくない」

不機嫌そうな清瀬さんに、不思議に思いながら自分の姿を見下ろす。

清瀬さんの膝の上に抱き上げられていることばかりを気にしていたけど、自分の格好に気づいて一気に頬が熱くなった。

目覚めてからバスルームに運ばれ全身すみずみまで清瀬さんに洗ってもらい、今はバスローブを羽織っただけの姿だ。

そんな姿で膝の上に抱き上げられて食事を食べさせられているって……、一体どれだけ甘やかされているんだ。

ものすごい羞恥心《しゅうちしん》が押し寄せて、私は顔を覆って悲鳴を上げた。

「わぁ、素敵な場所ですね」

可愛らしい声が天井の高い事務所内に響く。

「ありがとうございます」

館長も私も、にこにこしながらやって来たふたりを出迎えた。

内装工事をほぼ終えた坂の上天球館。今日はオーベルジュのオープニングイベントに合わせて行われる、プラネタリウムドーム内での模擬挙式の打ち合わせの日だった。

たくさんの希望者の中から模擬挙式に協力してくれることになったのは、入籍したばかりだという二十代前半のカップルだ。

「遠いところ、ようこそいらっしゃいました」

そう言ってふたりにコーヒーを出すのは由美子さん。

オーベルジュのシェフを務めることになった寺沢さんは、それまで営んでいたペンションを畳んでこの近くへと引っ越してきた。

そして日中の時間を持て余した由美子さんが、坂の上天球館で働いてくれることになったのだ。

結婚前は会計事務所に勤め、結婚後は夫婦でペンションを経営していた由美子さんは、星の知識こそないものの、デスクワークが苦手な館長と私が後回しにしていた仕事を猛然《もうぜん》と片づけてしまった、頼もしすぎる仲間だ。

そしてソファに座るのは新郎の山口康介《やまぐちこうすけ》さんと新婦の星奈《せいな》さん。

新婦の名前に星がついていることもあり、星空やプラネタリウムが大好きだという。

ふたりの馴れ初めや趣味を聞きながら、当日どのような星空をドームに投影するか打ち合わせをしていく。

「もしよかったら、春の星空を映してもらってもいいですか？」

星奈さんの言葉に、館長が「もちろん大丈夫ですよ」と微笑む。

「母が、おとめ座のスピカが大好きだったらしいんです」

「お母様も星がお好きなんですね。模擬挙式には参加されるんですか？」

なにげなく聞くと、星奈さんは首を横に振った。

「母はもう亡くなっているので」

「そうでしたか……。それは失礼いたしました」

「いえ、もう何年も前のことなので」

慌てて頭を下げた館長に、星奈さんがふわりと笑ってくれる。

「母はもともと体が弱かったらしくて、私を生んですぐに鬼籍《きせき》に入りました。でも、母の大好きだったこの場所で結婚式をすることができて、とても嬉しいんです」

それってもしかして、以前館長が言っていた女の子のことじゃ……。

ちらりと隣に座る館長を見ると、目を丸くしていた。

「母は中学生の頃までこの辺りに住んでいて、いつも坂の上天球館で星を眺めていたって、祖母が教えてくれました。学校には居場所がなくて、家でもふさぎ込んでいて、でもここで星を見上げているときだけは、本当に生き生きとしていたって」

星奈さんの言葉に、館長が口元を手で覆った。

「君は、あの女の子の娘さんなんだね……」

「母を覚えているんですか？」

声を震わせた館長に、星奈さんが目を輝かせた。

「よく覚えているよ。本当に星が大好きで、可愛らしい女の子だった」

「わぁ！　よかったら、ぜひ母の話を聞きたいです！」

「もちろん。喜んでお話しするよ」

そんなふたりのやりとりを見守りながら、そっと胸に手を当てた。

三十年前、ここを大好きだと言ってくれていた女の子の娘さんが、坂の上天球館で式を挙げてくれるなんて。

奇跡のような巡り合わせに、感激のあまり目頭が熱くなった。

「すごいですね！　ここを大好きだと言ってくれた中学生の娘さんが、このプラネタリウムで結婚式を挙げてくれるなんて」

ふたりが帰った後、興奮気味に話す由美子さんと私を見て、館長が感慨深げにため息をつく。

「……この場所を、守り続けてよかった」

ぽつりとこぼれた言葉の重みに胸が熱くなる。

「夏目さんのアイディアで、坂の上天球館は生まれ変わることができた。こんな奇跡が起こったのも君のおかげだね。ありがとう」

「いいえ、私のおかげだなんて。ここは館長が守り抜いたんです」

静かな感謝の言葉に、慌てて首を横に振る。

「夏目さん。君が語る星座の話には、人を引きつける魅力がある」

そう言った館長の横で、由美子さんも力強くうなずいていた。

「もう夏目さんはこのプラネタリウムにとどまっているのがもったいないくらい、世界中のどこにでも胸を張って出ていける、立派な星座解説者だと思うよ」

「そんなことないです。私はまだまだ半人前で、館長に教えてもらいたいことがたくさんあって……」

言いながら、涙が込み上げてくる。

きっと館長は私の中にある葛藤《かっとう》に気づいてる。

「夏目さん。ここを辞めることを考えているんだろう？」

核心に触れられ黙り込んだ。

私は坂の上天球館が大好きだし、ここで働けることを誇りに思ってた。

だけど、強い信念を持ち前を向く清瀬さんの姿を近くで見ているうちに、私も自分の可能性を試してみたいと思うようになっていた。

プラネタリウムで解説するだけじゃなく、もっといろんな場所でいろんな形で星に関わる活動をしてみたい。

そんな気持ちを言葉にも態度にも出したことはなかったのに、ずっと一緒に働いてきた館長にはお見通しだったんだ。

「由美子さんという頼もしい仲間も増えたし、これからもこの場所は僕が責任を持って守っていくから、大丈夫だよ」

「館長……」

優しい言葉に思わず声を詰まらせた私の肩を、由美子さんがそっと抱いてくれた。

その手のひらの温かさに、目頭が熱くなる。

「真央さんなら、私みたいに星に興味のなかった人にも、宇宙の素晴らしさを伝えられると思うわ」

そう言ってくれた由美子さんの隣で、館長も力強くうなずいた。

「ここに帰ってきたらいつだって迎えてあげるから、安心して清瀬さんについていきなさい」

ふたりの温かなまなざしに、こらえきれずに涙が溢れてしまった。

それから二週間後。ついにやって来たオーベルジュのオープニングイベントでは大人の上質な隠れ家というコンセプトに則《のっと》り、プレアデスグループの常連のお客様を招待してパーティーが開かれた。

明治時代からこの場所に建つ豪華な商館を利用したオーベルジュは、一歩足を踏み入れただけで日常を忘れさせてくれるシチュエーションがそろっていた。

広々としたダイニングルームは太陽の光が差し込み明るく、庭に面した両開きのドアを開け放つと、そよ風が庭園に咲き誇る花の香りを運んでくる。

テーブルの上には寺沢さんが丹精を込めて作った美しいフランス料理。

インテリアやカトラリー、さりげなく部屋に飾られた調度品。どれをとってもセンスが良く、まるで夢のような優雅な空間だった。

そしてリニューアルして生まれ変わった坂の上天球館での模擬挙式は、今日の夕方に行われる。

新郎新婦のふたりはオーベルジュの二階の客室で、ブライダルスタッフと準備をしていることだろう。

館長はふたりの挙式の司会進行と星座解説という大役を任されて、少し緊張しているように見える。

「模擬挙式、楽しみですね」

館長の耳元でそう言うと、館長の眉が八の字に下がった。

「僕、ネクタイ苦手なんだよ」

ぐずる子どものようにネクタイを緩めようとする館長を、苦笑しながらいさめる。

どうやら挙式への緊張ではなく、ただただ堅苦しい格好が苦手なだけのようだ。

思わずくすくす笑っていると、「夏目様」と声をかけられた。

振り向けば、秘書の遠山さんが微笑んでいた。

「あ、遠山さん」

会釈をして立ち上がると、後ろに立つ人物に気づいて背筋が伸びる。

先程お客様に向かって挨拶をしていた威厳《いげん》のある六十代頃の男性。

彼は清瀬さんの父親、そしてプレアデスグループの社長だ。

「はじめまして、夏目真央と申します」

慌てて頭を下げると、「遠山からよくお話は聞いていました。このオーベルジュのオープンに至るまで、あなたには大変お世話になったと」と言われて恐縮してしまう。

「とんでもないです」

予想していたよりもずっと穏やかな印象のお父さん。笑った目元が清瀬さんに似ている。すると会話をしている私たちに気づいたのか、スタッフとやりとりをしていた清瀬さんがこちらに近づいてきた。

「親父」

声をかけられ、お父さんが片方の眉をわずかに上げる。

「昴。噂のお嬢さんはこの方だね」

意味ありげな笑みを浮かべるお父さんに、私はなんのことだろうと首を傾げた。

「噂、ですか……？」

「三木コーポレーションとの縁談を断った、一番の原因」

ちらりと視線を向けられ、一気に緊張が高まった。

清瀬さんと三木さんが結婚することを望んでいたというお父さん。

私がグループにとって邪魔な存在なのは間違いない。

お父さんの視線に、背筋に冷や汗が伝う。不安が込み上げて、膝が震えそうになる。

そのとき、清瀬さんが無言で私の強張った背中に手を回し支えてくれた。

それだけで、勇気が湧いてくる。

ここで逃げ出すわけにはいかない。

どんなに拒絶されても、どんなに時間がかかったとしても、清瀬さんとの仲を認めてもらわなきゃいけないんだ。

これからも、一緒に生きていくために。

そう思い、ぎゅっと手を握り締めると、そんな私たちの緊張を感じ取ったのか、お父さんがくすりと笑った。

「あぁ、そんなに構えなくていい。私は昴と真央さんの仲を反対するつもりはないですから」

「え……？」

予想外の反応に、きょとんとしてしまう。

「たしかに三木コーポレーションはとても魅力的な企業だが、それ以上に息子の成長が嬉しくてね」

楽しげに笑うお父さんを前に、私と清瀬さんは顔を見合わせた。

「遠山はもともと私の秘書だったから、頼んでもいないのに昴の様子を定期的に報告してくれるんだよ」

清瀬さんの様子を報告するついでに、私のことも話題に上がっていたということだろうか。

どんなことを知られているんだろうと不安になって遠山さんの表情を窺ってしまう。

「昴がはじめてこの場所を訪れたときに、偶然立ち寄ったプラネタリウムであなたにひと目惚れしたこととかね」

「な……っ！」

お父さんの言葉に、清瀬さんが絶句する。

私も驚いてふたりで遠山さんのことを見ると、彼はいつもと変わらぬ涼しい顔でそこに立っていた。

「清瀬さんが、ひと目惚れって……？」

「真央さんがプラネタリウムの解説をしながら、星の中で昴が一番好きだと言ったとき、遠山の隣に座る昴が恋に落ちたのがわかったと報告してくれたよ」

そう言ったお父さんに、清瀬さんは口元を手で隠して真っ赤な顔をしていた。

清瀬さんのそんな顔、はじめて見た。

「遠山……」

清瀬さんにじろりと睨まれた遠山さんが、「私は事実をお伝えしたまでです」と澄ました顔で応える。

「プラネタリウムの中で、『ずっと自分の名前を嫌いだと思っていたけど、今日はじめていい名前だと思えた』と副社長がつぶやいたとき、あぁ、これはもう完全に彼女に惚れたなと――」

「頼むからもう黙ってくれ」

全面降伏《こうふく》だというように両手を上げた清瀬さんに、思わず吹き出す。

「それからもふたりの距離が縮まっていく様子を逐一《ちくいち》遠山から報告されているうちに、三木コーポレーションとの縁談なんかよりも、ふたりを応援したい気持ちが強くなってしまった。遠山は以前から政略結婚めいた縁談に反対していたから、まんまとはめられたのかもしれないね」

お父さんの言葉に、遠山さんのことを見ると、彼はいつもと変わらぬ表情でそこに立っていた。

「遠山さん……。ありがとうございます」

私が頭を下げると、「いえ」と彼はかぶりを振った。

「お礼を言われるようなことはなにもしていません。私はただ、副社長が慣れない恋に四苦八苦《しくはっく》している様子が面白くて、誰かに話さずにいられなかっただけですから」

「四苦八苦してたんですか？　清瀬さんが？」

「先日夏目様がご実家に帰られたと知ったときなんて、取り乱して見ていられませんでしたよ。いつもの余裕の表情がうそみたいに、焦りながら何度も夏目様に電話をかけて、つながらないと落ち込んで……。一日中、スマホを手放しませんでしたからね……」

「──遠山」

低い声で名前を呼ばれ、遠山さんは「おっと」と肩をすくめる。

「失礼しました。この続きは副社長のいないときに」

悪びれもせずそういう遠山さんに、また吹き出してしまう。

清瀬さんはふてくされてしまったのか、仏頂面で黙り込む。

その表情がなんだか可愛く見えてくすくすと笑っていると、お父さんに「真央さん」と声をかけられた。

「私は昔から仕事ばかりしていて、あまりいい父親ではなかった。昴をグループの後継者としてふさわしい人物に育てることが当然だと思っていた。しかし遠山からの報告で、あなたに出会った昴がどんどん人間として成長していくのを知るのがとても楽しみになりました」

「そんなことは……」

私は慌てて首を横に振った。

清瀬さんはもともと強くて優しくて温かい人だ。従業員に接する態度やお客様に対する考えからもちゃんと伝わってくる。

私はなにもしていない。

そう言おうとしたとき、ブライダルスタッフの女性が慌てた様子で清瀬さんの元へとやって来た。

「すみません。模擬挙式に参加される予定の新婦様が……」

声をひそめた彼女に、思わず身を乗り出す。

「星奈さんになにかあったんですか？」

「お腹が痛むということで、念のため病院に連絡して車でお送りすることになりました」

「腹痛……？」

病院に行くほどひどい痛みなんだろうか。不安になって青ざめると、スタッフの女性が私の耳元に口を寄せる。

「先週妊娠がわかったそうです」

「そうなんですか……？」

彼女の言葉に目を丸くする。妊娠の初期なら、まだまだ不安定な時期だ。少しの腹痛でも不安だろう。

しばらくすると新郎の康介さんに付き添われて星奈さんが階段を下りてきた。

「長谷さん、夏目さん、これから模擬挙式なのにすみません……」

心配して駆け寄った私たちに向かって、ふたりが申し訳なさそうに頭を下げる。

「いえ、挙式よりもお腹の赤ちゃんの方がずっと大切ですから」

星奈さんの手をぎゅっと握って言うと、力強くうなずいてくれた。星奈さんはもうお腹の子を守る強い母の顔をしていた。

パーティーに出席しているお客様に気づかれないようにそっとふたりを見送ってから腕を組む。

「新郎新婦がいなくなってしまったね」

「どうしましょう」

館長とふたりで顔を見合わせていると、清瀬さんが私の隣に立った。

「じゃあ、俺たちが結婚するか」

「え？」

さらりと言われた言葉に、聞き間違えかな？　と思って清瀬さんを見上げる。

「いなくなった新郎新婦のかわりに、俺たちが式を挙げればいい」

「ええ⁉」

驚く私に、清瀬さんがいたずらっぽく笑った。

ドームの入口に立つと、ざわざわとした人の気配が聞こえてきた。

プレアデスグループのブライダルスタッフは、私と清瀬さんのためにウエディングドレスとタキシードを用意して、あっという間に完璧な花嫁と花婿に仕立て上げてくれた。

私が着ているのは、胸元がビスチェタイプになったプリンセスラインの純白のウエディングドレス。

きゅっとシェイプされたウエストから広がる、美しいレースを贅沢に使ったスカートがとても綺麗だ。

裾にはまるで星をちりばめたように、キラキラ光る銀糸の刺繍《ししゅう》が施されている。

ウエディングドレス姿の私の横に立つのは、白のタキシードを着た清瀬さん。

いつもは自然に下ろしている髪も今はセットされていて、いっそう凛々しい。大人の男の魅力が溢れていて、ドキドキしてしまう。

「緊張してるか？」

ちらりと流し目を向けられて、こくこくと何度もうなずく。

「思い切り」

あくまで模擬挙式とはいえ、まさか自分がドレスを着るなんて思わなかった。

ついつい表情が硬くなってしまう。

お客様に見てもらう挙式なんだから、幸せそうな顔をしないといけないのに。

そんな私を見て、清瀬さんが優しく笑った。

「真央、綺麗だよ。はじめて出会って恋に落ちたこの場所で、愛を誓えるなんて夢みたいだ」

「清瀬さん……」

甘くささやかれた言葉に、じわりと目頭が熱くなる。

思わずうつむくと、目の前のドームへ続く扉がブライダルスタッフの手によって開かれた。

「新郎新婦の入場です」

館長の声に促され、私たちは顔を見合わせてから一歩進んだ。

壁際に沿って配置された座席に座る参加者たちが温かい拍手で迎えてくれる。

「わぁ……」

中は暗闇だった。次第に目が慣れると、頭上にいくつもの星が浮かび上がっているのがわかる。

一歩踏み出した足元にも、無数の星が輝いていた。

本当に、宇宙の中を泳いでいるみたいだ。暗い夜のプールの中で抱き合ったことを思い出す。

怖いくらい綺麗で幻想的な景色。

スポットライトに照らし出されたバージンロードを歩いていく。

私たちがプラネタリウムの投影機の前に到着するのを確認して、館長がゆっくりと話し出した。

「新郎の清瀬昴さんの名前にちなんで、おふたりに愛を誓ってもらう前に、少しだけ昴という星のお話をしたいと思います」

頭上に映し出されたのは、冬の星座。オリオンにおおいぬ座のシリウス。そして昴。

「昴という名前でおなじみのプレアデス星団はいくつもの星の集まりで、肉眼でも五つから七つの青白く光る星を確認することができます」

館長の言葉に、その場にいた全員が頭上に輝く昴を見上げる。

「たくさんのものを束ねて支配する〝統《す》べる〟という動詞から、昴という和名がつけられたと言われています。昴さんのお名前には、強いリーダーシップを持ち、光輝く人生を歩んでほしいといったご両親からの願いが込められているそうです」

きっと、私たちが準備をしている間に、館長が清瀬さんのお父さんに聞いたんだろう。ただホテル名をつけただけじゃない。ちゃんと清瀬さんの幸せな人生を願ってつけられた名前なんだ。

館長の言葉を聞きながらちらりと清瀬さんの顔を見ると、彼は星空を見上げていた。

「素敵な偶然ですがこの『昴』は、この坂の上天球館の解説員でもある新婦の真央さんの一番好きな星でもあります。幼い頃から星が好きだった彼女は夜空を見上げては昴を探し、青白く光る星たちに勇気をもらっていたそうです」

そんなエピソードを紹介され少し照れくさくて首をすくめると、清瀬さんに優しく見つめられた。

「そんなふたりが偶然この坂の上天球館で出会い恋に落ちました。そして今日この佳《よ》き日にこの星空の下でふたりの門出に立ち会えることを、大変幸せに思っております」

館長がそう言うと、ドーム内が拍手に包まれる。暗闇の中に控えめな照明が灯り、ドーム内が見渡せた。

清瀬さんのお父さんや遠山さん、寺沢さんご夫婦。

そして、いつもプラネタリウムに来てくれる子どもたち。大輝くんや圭人くんの姿も見えた。

みんなからの祝福の拍手に、鼻の奥がツンと痛くなり涙が込み上げる。

「それでは新郎新婦のおふたりに永遠の誓いを立てていただきます」

館長のその言葉に、緊張が高まる。おずおずと清瀬さんの方を見ると、彼もこちらに向き直る。

「私、清瀬昴は、生涯真央さんを愛し続け、幸せにすることを誓います」

堂々とした声で言った清瀬さんに、涙が溢れそうになってしまう。

これはただの模擬挙式なのに。

「私、夏目真央は、生涯昴さんの側で支え続けることを誓います」

予定された言葉を口にしているだけなのに、声が震えてしまった。

なんとか誓いの言葉を言い終えた私に、館長が笑みを浮かべうなずいた。

「ふたりの宣誓《せんせい》と共に夜が明け、新しい朝がやって来ました」

顔を上げると、ドームの東側に朝焼けが映し出されていた。暗かった夜空が白々と明るくなっていく。

「ふたりの新しい門出に、大きな拍手を」

館長の言葉に、ドーム内は大きな拍手に包まれた。

まるで夢をみているような、幸せな時間だった。


ぼんやりと目を開けると、見たことのない天井。

ここは、どこだろう……。

目をこすりながら辺りを見回すと、驚くほど大きなベッドで私は眠っていた。

「起きたか?」

振り向くと、清瀬さんが枕に肘《ひじ》をつき、こちらを見下ろしている。

「清瀬さん、私……」

まだ寝ぼけている私に、清瀬さんがくすくすと笑いながら手を伸ばし、顔にかかる髪をすくい上げる。

「挙式で気を張って、相当疲れたんだな」

……思い出した。

清瀬さんと模擬挙式をして、その後オーベルジュに泊まらせてもらうことになったんだ。

だけど、緊張で疲れきった私はドレスを脱いで髪をほどいたとたん、ベッドに倒れこんでそのまま深く眠ってしまったようだ。

「す、すみません……！」

せっかくこんなに素敵なオーベルジュに泊めてもらえたのに、部屋に入ったとたん熟睡してしまうなんてもったいなさすぎる。

「いいよ。突然挙式なんて無理をさせたし、ここにならいつだって泊まれるから気にするな」

指先で私の髪をなでながら、柔らかい声で言ってくれた。

「挙式をする予定だった山口さんから連絡が来たよ。星奈さんもお腹の赤ちゃんも問題なく元気だって」

「よかった……」

「今回は残念だったけど、落ち着いたらまたぜひあの場所で挙式をしたいって言っていた。それから親父も褒めていたよ。他にはない素敵な式だったたって」

プラネタリウムドームの中で行われた模擬挙式を思い出す。

「本当に素敵な式でしたよね。模擬挙式だってわかっているのに、星空の中で愛を誓えるなんて夢みたいで、感動してしまいました」

瞳を潤ませた私に、清瀬さんが優しくうなずいた。そして髪をなでていた手で私の後頭部を引き寄せ、抱き締めてくれる。

「真央……」

清瀬さんが私の名前を呼びながら瞳の奥を覗き込む。なんだろうと瞬きをすると、私の左手を持ち上げた。

「清瀬さん?」

首を傾げた目の前で、薬指に指輪を通された。キラキラと輝くダイヤモンドがついたエンゲージリング。

その美しさに、星が降ってきたのかと思った。

驚きで目を見開いて息を呑む。

「結婚しよう」

清瀬さんの迷いのない言葉に、絶句する。

目元がじわりと熱くなって、涙がこぼれてしまった。

すぐ泣いてしまう自分が恥ずかしくてうつむくと、頬を大きな手で包まれる。

「このままオーベルジュが順調に軌道に乗れば、俺は本社に帰ることになる。本社に戻った後も、日本各地を行ったり来たりする生活が続く。海外を拠点に仕事をすることもあるかもしれない」

覚悟はしていたけど清瀬さんの口から言われると重みが違う。

真っ直ぐに見つめられ、私は涙をぬぐいながらうなずいた。

「真央が坂の上天球館を大切に思っているのは知ってるから、仕事を辞めてついてきてくれなんて言えない。だけど遠距離になったとしても、なかなか会えなかったとしても、真央を幸せにするためにどんなことだってする。だからこの先もずっと、君と共に生きていきたい」

私の気持ちを尊重してくれる清瀬さん。

私も生涯彼を愛し、共に生きていきたい。

「連れていってください。どこにでもついていきます」

そう言うと、清瀬さんが目を見開いた。

「真央、いいのか?」

「前から思っていたんです。ここじゃなくても、誰かに星のすばらしさを伝えることはできるんじゃないかって。むしろプラネタリウムになんて足を運ばない人にこそ、宇宙のことを知ってもらいたいって。星の話をするなら、どこでだってできる。日本でだって、世界でだって」

「坂の上天球館は？」

「館長が、『この場所は僕が責任を持って守っていくから』って、『安心して清瀬さんについていきなさい』って言ってくれました」

館長の言葉を伝えると、清瀬さんはくしゃりと髪をかき上げて、「まいったな」とつぶやいた。

「もしかして、迷惑ですか……？」

不安になって尋ねると、清瀬さんがガバッと体を起こした。

「そんなわけないだろ」

きょとんとする私の両手をつかみ、ベッドの上に組み敷く。

「嬉しすぎて、どうしていいのかわからないんだ」

本当に困ったように眉をひそめてこちらを見下ろす彼の表情に、愛おしさが込み上げた。

私も、清瀬さんのことが好きすぎて、一緒にいられることが嬉しくて、どうしていいのかわからない。

「俺と結婚して、ずっと側にいてくれるか？」

「はい……。一生側にいさせてください」

つぶやいた言葉は、涙声になってしまった。

「真央、愛してるよ」

そんな私を抱き締めて、優しい声で愛の言葉をささやいてくれた。


幼い頃。いやなことがあるといつも、自分の部屋の窓から星空を見上げていた。

腰高の窓のサッシの上に腰を下ろして、ぶらぶらと足を揺らしながら瞬いて光る星を指でなぞると、明るい気持ちになれた。

中でも青白く光る星の集団を見上げると、なぜか見守られているような温かな気持ちになった。

プレアデスという美しい名前の、生まれたばかりの若い星の集まり。

幾度も見上げたその感動を思い出す。

涙が溢れて手で拭うと、キラキラと光る星のような美しい指輪が目に入る。

清瀬さんがくれた、愛の証だ。

この奇跡のような幸せが、空に輝く星のように永遠に続きますように。

そう願いながらたくましい肩に手を回し、大好きなその人をぎゅっと強く抱き締めた。

エピローグ

オーベルジュのベッドの中で真央の寝顔を見ながら、はじめて出会った日のことを思い出す。

去年の冬。たまたま訪れた小さなプラネタリウム。

「──青白い星が集まっているのが、昴と呼ばれる星団です。清少納言も『枕草子』の中で『星はすばる』と残したほど、昔から私たち日本人にはなじみ深く、多くの人に愛されている星です」

一番後ろの席に座っていた俺は、聞き取りやすい透き通った声に不意に自分の名前を呼ばれ、思わず横にあるコンソールへと視線を向けた。

そこに立つのは綺麗な姿勢でマイクを握る解説員の女性。

「肉眼では五つから七つほどの星の集まりに見えますが、双眼鏡《そうがんきょう》を使えば数十個の星がそれぞれに光り輝く様子がわかります。私が小学生の頃、はじめて双眼鏡を使って夜空を見上げたとき、昴の星たちの息を呑むような美しさに感激し、以来、昴が私の一番好きな星になりました」

熱っぽくそう語った後に、夢中になってしまった自分に気づき照れくさそうに小さく咳払いをする。

その様子が可愛らしくて、思わず口元が緩んだ。

「ぜんぶで百数十個ある星たちは生まれたばかりの若い星で、今は集まって輝いていますが、互いに少しずつ離れていき、いずればらばらになってしまうと考えられています。——人の時間にすると途方もないほど先の話ですが、いつかこの星団の星たちがまったく違う形でそれぞれの場所で輝くのを想像すると、宇宙の雄大さと無限の可能性を感じて、少しわくわくしてしまいますね」

それまで昴という名前は、ただ自分に課せられた使命を思い知らせるだけのものだった。

父が一代で作り上げた、プレアデスホテル。その社名を名前につけられたのは、両親が生まれたときから俺を後継者として育てるつもりだったことの証だ。

経営者としてふさわしい知識と教養を身につけ、会社を継ぐこと。それだけが俺の価値なんだと思ってきた。

それなのに……。

彼女の星座解説を聞きながら、頭上に輝く青白い星の集団を見上げる。

──無限の可能性。

口の中でぽつりと繰り返すと、胸が熱くなった。

ずっと昔から、自分の胸の奥でわだかまり自由を奪っていた枷《かせ》が外されたような気がした。

遠山の言うように、ひと目惚れだったのだと思う。

空高く輝く星に恋い焦がれるように、目を輝かせて星のことを話す彼女を、どうしても手に入れたいと思ってしまった。


その彼女が今は、自分の腕の中で小さな寝息を立てている。

左手の薬指には、さっき渡したばかりの指輪。

真央は一生俺の側にいると言ってくれた。

彼女の言葉を思い出すと、幸福感に胸がつまる。

なんだか信じられなくて、手を伸ばし白い頬をなぞってみる。

すると、真央は目を閉じたまま、柔らかな笑みをこぼし、くすぐったそうに首をすくめた。

安心しきったその幸せそうな表情に、甘さと切なさが込み上げる。

そっと体を起こし、彼女の額に短いキスをすると、寝ぼけた真央が小さく身じろいでこちらにくっついてきた。

俺の首元に額をこすりつけ、そのまま動かなくなる。

すうすうと、かすかな寝息を立ててまた深い眠りに落ちたようだ。

無意識の可愛らしい仕草に、たまらなく愛おしくなる。

枕に頭を下ろしながらぼんやりと窓の外を見遣ると、石畳の坂道に沿って立つガス灯と、遠くに小さく光る港の灯り。そして空に浮かぶ少し欠けた月が見えた。

その景色の美しさに見惚れてから、真央の体を抱き寄せる。

触れた場所から彼女の体温が伝わってきて、心が満ちて静かに溢れていくように穏やかな眠気が訪れる。

小さく微笑んでからゆっくりと目を閉じて、幸せな眠りについた。

番外編

秘書遠山の余計な報告

　私、遠山達彦《たつひこ》は高級ホテルを展開するプレアデスグループで秘書の仕事に就いている。私のボスである副社長、清瀬昴はどうやら恋をしているようだ。

　彼が副社長室のデスクで読み込んでいるのは、一通の調査報告書。オーベルジュの建設予定地の隣に建つ、坂の上天球館というプラネタリウムの経営状態を調べたものだ。

　プラネタリウムといえば営利を目的としない公的な施設が多い中、個人が経営するこの私設のプラネタリウムはかなり経営が厳しい。

　どんなに楽観的に見てもこのままではあと数年で行き詰まり、閉館に追い込まれるだろう。

　そんな崖っぷちのプラネタリウムで働く女性に、ひと目見ただけで惚れてしまったらしい副社長は、報告書を見下ろし険しい表情を浮かべている。

「副社長。そんな難しい顔をして、どうかしましたか?」

　白々しくそう問いかけると、副社長は視線を上げこちらを見た。

「いや、例のプラネタリウムの報告書を見ていたんだが……。遠山はどう思う？」

「そうですね。持って、あと一、二年というところでしょうか」

私の言葉を聞いてあからさまに顔をしかめた副社長に、「どれくらいで潰れるか、賭けでもしますか？」なんて軽口を叩く。

「いや、やめておく」

副社長は首を左右に振ってからまた考え込んだ。

その副社長の難しい顔を眺めながら、先日プラネタリウムのドームの中で見た、星座解説をする女性の姿を思い出す。

このままあのプラネタリウムが潰れれば、彼女の職場がなくなってしまう。

それを、なにもしないで見ているのが歯痒《はがゆ》いのだろう。

彼女のためにあの場所を残してあげられれば、なんて考えているに違いない。

「坂の上天球館を潰したくないのなら、当社で買収すればよろしいと思いますが」

私がそう言うと、副社長は視線を資料に落としたままで口を開いた。

「あのままのプラネタリウムを買収したところで、なんのメリットもない。会社の金を無駄に使うつもりはない」

グループの後継者として認められ、副社長という立場にある彼は、その気になれば小さなプラネタリウムの買収なんて簡単にできるだろう。

けれど、御曹司という立場に驕《おご》らず、決して公私混同しない実直な姿勢に、私のボスがこの人でよかったと改めて思う。

「そうですか。ではあそこで働いている職員がこのままでは潰れるという危機意識を持たないかぎり、間違いなく閉館することになるでしょうね」

「危機意識を持っていないのだろうか？」

こんなにひどい経営状態なのに？

理解できない、と言いたげに眉をひそめた彼に、ふたつ持っているうちの片方の資料を渡した。

坂の上天球館のオーナーである長谷館長について調べたものだ。

「この施設の館長は星についてはプロですが、経営にはまったくの無頓着です。現状に満足していて、経営が傾いている実感もあまり持っていないようです」

「わざわざ調べたのか」

長谷館長の氏名、年齢、略歴などが記された報告書をめくり、こちらに視線を向ける。

「不要でしたか？」

「いや、ありがとう」

うなずいた副社長が改めて資料を見る。

しばらく考え込んだ後、彼は顔を上げて私を見た。

「遠山。悪いが坂の上天球館の買収の準備を進めてくれ」

「メリットのない買収はしないのでは？」

彼の言葉に驚いて問うと、副社長は表情を変えずに応える。

「たしかにプラネタリウムのまま活用するならメリットはない。だがあの石造りの倉庫や白壁のプラネタリウムドームには他にはない魅力がある。ドーム内の座席や投影機を撤去して改装すれば、カフェとしても結婚式場としても使えそうだ」

「あなたの手であのプラネタリウムを潰すんですか？」

「どちらにしろ、危機意識がないままだと確実に潰れるんだろう？」

私の質問に、質問で返された。

買収の話を持ちかけ、危機意識を持たせるというわけか。

たしかに、買収の話が出れば、のんびりした人柄の館長もいやでも経営を見直すだろう。

それでプラネタリウムの経営が改善していけば、こちらの思惑通り。

万が一うまくいかなかったとしても、改装することを前提とすれば、あの建物をグループのものにするのは悪い話ではない。

考えを理解して「わかりました」とうなずいた。

「ついでに、万が一買収の話が進んだときのために、彼女の再就職先も探しておきますか？」

私の言葉に、副社長が眉をひそめた。

「――彼女？」

怪訝な表情の彼の前に、持っていたもうひとつの資料を差し出す。

その資料をめくった副社長が、驚いたようにこちらを見た。

プラネタリウムの解説で、『昴が一番好き』と顔を輝かせて語っていた女性、夏目真央の経歴をまとめたものだ。

「彼女は学芸員の資格を持っていないようですから、坂の上天球館が潰れてしまえば、この先プラネタリウムの仕事に就くのはほぼ不可能でしょうね」

私がそう言うと、副社長は口を引き結んで押し黙ってしまった。

その不機嫌な表情を無視して、涼しい顔で続ける。

「あんなに楽しそうに星について語る彼女が、星座解説の仕事をできなくなるのは正直もったいないですよね。それならいっそあの土地にこだわらず、東京で星に関する仕事ができる職場を紹介してはいかがでしょう。そうすれば、本社で働く副社長とも遠距離になりませんし、堂々と口説くことが――」

「遠山」

私の言葉を遮るように、低い声で名前を呼ばれた。

口を閉じて彼を見れば、じっとりとした視線で睨まれる。

「……どうしてわかった？」

普段、人にも物にも執着しない彼が、どうしてこんなに坂の上天球館を気にかけるのかなんて、考えればすぐにわかるのに。

苦々しい表情で問われ、思わず吹き出しそうになってしまった。

「プラネタリウムの隣の座席であなたの表情を見ていたら、すぐにわかりましたよ。ああ、今恋に落ちたなと」

そう言うと、いつも冷静な副社長の顔が一気に赤らんでいく。

「たしかにとても愛らしくて魅力的な女性ですよね。その上あんないきいきとした表情で『昴が一番好き』なんて言われたら、副社長が心を奪われるのも無理はない」

容赦なくからかう私に、副社長は片手で額を押さえ大きなため息をついた。

「……もうそのくらいで勘弁してくれ」

彼の敗北宣言に、にっこりと微笑む。

「では、坂の上天球館の買収の件、進めさせていただきます」

「頼んだ」

「それから、ご存じだとは思いますが、来週から新しい秘書の三木が私のサポートにつくことになりました」

その言葉を聞いた彼は、もういつもの冷静な顔を取り戻していた。

三木コーポレーションのご令嬢が来週から副社長の秘書となる。

高級ホテルを展開するプレアデスグループと、不動産業を営む三木コーポレーション。ふたつの大企業の社長の間で持ち上がった縁談だ。

「……あぁ。父から話は聞いている」

副社長は感情のない冷たい声でそう言ってうなずく。

そんな縁談には興味がないと言った彼に、社長は断るのはお互いを知ってからでもいいだろうと、彼女を秘書として側に置くことを命じたのだ。

「では、失礼いたします」

取り乱し赤面していた彼とはまるで別人のような、投げやりな表情を浮かべる副社長に頭を下げ、部屋を出た。

パタンと扉が閉まってから、さっきのひどく動揺した副社長を思い出し、あんなふうに顔を赤らめて取り乱した姿を見るのははじめてだったなと笑いが込み上げてくる。

私は副社長付きの秘書になる前は、社長の秘書をしていた。

彼が中学生の頃からの顔見知りで、ずっと近くでその成長ぶりを見てきている。

賢いだけでなく、人目を引く整った容姿を持っていたプレアデスグループの御曹司。

幼い頃から英才教育を受けてきたせいか要領がよく、なんでもそつなくこなしてきた。

学業も仕事も、そして恋愛も。

つねに女性から言い寄られることに慣れてしまった彼は、恋人に対しても淡白でひとりの女性に執着することがあまりないように見えた。

そんな彼が、はじめて本気の恋に落ち、相当戸惑っているようだ。

もし彼女、夏目真央が側にいてくれたなら、彼はいつもあんなふうに人間らしい表情を出せるんだろうか……。

つまらない縁談なんかより、副社長の恋を応援したくなった私は、いそいそと彼の父である社長に電話をかける。

「副社長のことで、ぜひご報告したいことがあるんですが、少しお時間よろしいでしょうか――」

今までなんでも器用にこなしてきた副社長に、ひとりの女性のことで顔を真っ赤にして取り乱す一面があると知ったら、社長も会社の利益目的の縁談よりも息子の気持ちを優先しようという気になるかもしれない。

なんて思いながら、副社長には無断で余計な報告をはじめた。

特別書き下ろし番外編

スイートルームのベッドの上で

電話での仕事の打ち合わせを終え海岸に出ると、波打ち際に真央の姿が見えた。

裸足《はだし》で砂浜の上を歩き、波が押し寄せるたびに小さな声を上げる。

さらさらと流れていく白い砂の感触がくすぐったいんだろう。首をすくめて子どもみたいに笑う真央の無邪気さに、思わず見入ってしまう。

白いワンピースを着て海辺で笑う真央の姿が可愛くて、自分にカメラの腕があったら絶対写真に残すのに、なんて少し悔しく思う。

すると、そのとき海から強い風が吹いてきた。

真央の着ていたワンピースが風に揺れふわりと大きくはためくと、華奢《きゃしゃ》な体が小さくよろけた。

慌てて駆け寄ろうとした俺の前で、真央に手を差し伸べる男。

「夏目様、大丈夫ですか?」

「あ、ありがとうございます」

差し出された手を取って、真央はお礼を言う。

俺以外の男に無防備な笑顔を向ける真央にも少しむっとするが、それ以上に苛立たせるのは右手で真央の手を握り左手で腰を支える男。

秘書の遠山だ。

俺の視線に気づいたのか、遠山が顔を上げこちらを見て目を細めた。

少しの間、お互い無言で視線を交わす。

真央に気安く触るな、というように眉を寄せた俺を見て、遠山は小さく肩を揺らして笑ってから、ようやく真央の腰から手を離した。

相変わらず飄々《ひょうひょう》とした、それどころかからかうような薄い笑みを浮かべられ、さらにむっとする。

「あ、清瀬さん」

そんなやりとりに気づかない真央が、俺の姿を見て嬉しそうに笑った。

その笑顔に癒されつつも、やはり隣に遠山がいることが納得できない。

「なぁ、なんでふたりの婚前旅行に遠山がいるんだ」

あえて不満を隠さないぶっきらぼうな俺の言葉に、遠山が涼しい顔で口を開く。

「仕事ですから」

平然と答える遠山に、さらに不満が募る。

「もともとはプライベートのはずだったんだが」

「予定ではプライベートでも、今は仕事をかねているんですから、諦めてください」

険悪な雰囲気の俺と遠山に、見ていた真央がきょとんとまばたきをした。


プレアデスグループの新規事業としてはじめたオーベルジュは、狙い通り大きな話題を呼んだ。

オープンから半年経った今では、国内だけではなく海外からもゲストが訪れはじめ、予約は一年先まで埋まっている。

俺はオープンから三ヶ月間現場で指揮をとり、オーベルジュが軌道に乗ったのを見届けてから、本社へと戻った。

同時にリニューアルした坂の上天球館も順調に来館者が増え、真央は俺が本社に戻った後もしばらく残って引き継ぎを済ませてから、先月仕事を辞めて俺のもとへとやって来た。

相変わらず星が大好きな真央は、引っ越してきてからすぐに天体観測や解説などをする天文ボランティアに登録して、地元の子どもたち向けの講座の手伝いをしている。

離れて暮らしていた期間はたった数ヶ月。

その間にだってお互いに都合をつけて会ってはいたけれど、そんなわずかな時間じゃとても足りなかった。

ようやく一緒に暮らしはじめ、お互いの親への挨拶も済ませ、半年後の秋には結婚式を挙げることになっている。

仕事の絡みもあり、都内のプレアデスホテルで大々的な披露宴を行う予定だ。

日々の業務に加え披露宴の準備がはじまると、なかなかゆっくり過ごすこともできなくなるだろうから、忙しくなる前に旅にでも行ってこいという父の勧めもあって、南の離島への旅行を計画した。

旅行の間は仕事を忘れ、ふたりきりの時間を過ごせるはずだった。

……なのに。

「副社長。本日の夕食は、地元議員や商工会議所の役員との会食の予定がありますので」

遠山から事務的な口調で予定を告げられ、顔をしかめる。

たまたま行くことにした離島に、プレアデスグループの手掛けるオーベルジュ第二弾の候補地があるということで、無理やり旅行に視察の予定を入れられたのだ。

おかげで婚前旅行のはずが、なぜか遠山を帯同し、俺は仕事を詰め込まれ、夕食さえ真央と一緒にとれない状態になっている。

一体なんのために来たのかわからない。

しかも、なんで俺が打ち合わせの電話をしている間、海辺で遊ぶ真央の横に遠山が寄り添っているのかもわからない。

立ち位置が逆だろ。

「地域柄、こちらの議員さんはかなりお酒に強いと聞いていますので、朝まで付き合わされることを覚悟しておいてくださいね」

しかめっ面をしているとそう付け足され、ますます気が重くなった。

「大変ですね、清瀬さん」

気遣うような視線を向けてくれる真央を見下ろす。

「せっかく旅行に来たのに、一緒に過ごせなくて悪い」

今日到着したばかりなのに、一日目の夕食も夜もひとりで過ごさせるなんて本当に申し訳ない。

髪をなでながら謝ると、真央は首を左右に大きく振った。

「いえ、気を遣わないでください。私は私で楽しんでいるので」

旅行先で放っておかれっぱなしなんだから、嫌味のひとつでも言われるかと思っていたのに、予想外の反応にまばたきをした。

「ひとりでも楽しいのか？」

「だってここは、南十字星《みなみじゅうじせい》が見えるんですよ！」

「南十字星？」

興奮気味に言われ、思わず首を傾げる。

「南天の代表的な星座です。普通、北半球にある日本からは見ることはできないんですけどこの島からだと見られるんです。こんな機会はめったにないので、じっくり天体観測したいと思ってます」

うきうきとした様子に、目を丸くしてから吹き出した。

旅行先で恋人を放っておいて仕事ばかりしているなんて、愛想をつかされたって文句は言えないのに。

本当にかわいいな、そう思いながら手を伸ばし真央の髪をなでる。

すると真央は俺の手に自分から頬を寄せて、こちらを見上げた。

「だから、清瀬さんは私に気を遣わないで、お仕事頑張ってくださいね」

白い柔らかな頬の感触に、愛おしさが込み上げる。

このまま抱き締めて腕の中に閉じ込めてしまいたい。

そう思った俺の横から、わざと空気を壊すような咳払いが聞こえた。

「さ、では移動の時間がありますから、一度ホテルの部屋に戻りましょう」

そう言われ恨みがましい視線を向けると、遠山が涼しい顔で歩き出した。


この島にはプレアデスグループの施設がないので、外資系のリゾートホテルに部屋をとることにした。

ライバル関係ではあるが、日本支社長とは昔からの知り合いだし、この島が候補地になっている宿泊施設も、あくまで小規模なオーベルジュなので競合することはない。

美しいビーチのすぐ側に建つホテルは、リゾートらしい開放的なロビーがとても気持ちよかった。

プレアデスは都市部を中心とした展開で、リゾート地にはまだ進出していないけれど、こういう大型リゾートホテルも視野に入れたい……なんて思いながら仕事目線でロビーを見回した。

部屋は最上階の、海を見渡せる大きなバルコニーがあるスイートルーム。

白い大理石の床が窓から差し込む南国の日差しを反射して、室内にいるのに日光浴をしているような心地良い気分になる。

大きな窓から水平線が望めるベッドルームを横目に見ながら舌打ちをする。
今夜は真央をこの広いベッドにひとりで寝かせるなんて、本当に不本意だ。
そんな中、リビングルームでうきうきと星座の本を開く真央に視線を向ける。
きっと真央は今夜このバルコニーで星を見上げて、ひとりで感激しているんだろうな。
できればその横顔を見ながら、彼女の星の話を聞きたかったのに。
そう思いながら、腕を伸ばし真央の体を後ろから抱き締める。
密着した体に頬を染めながら、首を傾げてこちらを振り返る真央。
「清瀬さん？」
「真央」
耳元で名前を呼ぶと、「はい」と返事をして微笑む。
俺の仕事のせいで放っておかれることに、不満のひとつも見せないマイペースな笑顔。
だけど本当の真央は不器用で臆病だってことをちゃんと知ってる。
俺の仕事の邪魔をしないように。不満やわがままで俺を困らせないように。
そしてその気遣いを俺が心苦しく思わないようにと、彼女が意識して笑顔で過ごしてくれているのが伝わってくる。

愛しさが込み上げて、胸が詰まった。

愛情が溢れて苦しいなんて感情を、今まで抱いたことはなかった。真央に出会うまでは。

後ろから抱き締めて黙り込んでしまった俺に、真央は少し不思議そうな顔をしてから、額を合わせてきた。

触れた肌から体温が伝わってくる。

視線を上げると間近で目が合って、ふわりと微笑まれた。

つられてこちらも微笑んで、それから顔を傾けそっと目を伏せる。

唇が触れるその瞬間。

ピンポーン、という無機質な音に邪魔されて、真央が慌てたように体を離した。

無視して続けようとする俺の胸を、必死に真央が押し返す。

「清瀬さん！　ピンポン鳴ってます！」

生真面目にすぐに対応しようとする真央に、むっとする。

どうせ遠山なんだから、少しぐらい待たせておいてもいいのに。

そう思いながら後頭部を引き寄せ、強引にキスをした。

目を丸くした真央を抱き寄せ、舌で唇を割る。

「ん……っ」

キスが深くなると、俺の胸を押し返そうとしていた腕から力が抜けていく。

唇を離すと、とろんとした表情でこちらを見上げる真央。

その顔が可愛くて、もう一度キスをしたくなる。

「真央」

頬を手で包みながら名前を呼ぶと、潤んだ瞳がこちらを見つめる。

あー、やっぱり会合なんて行きたくない。

そう思った瞬間、ピンポンピンポンピンポンピンポーンとインターフォンが連打された。

大きなため息をつき、立ち上がる。

扉を開くと、遠山が立っていた。

「一度押せば聞こえる」

仏頂面でそう言うと、しれっとした態度で口を開く。

「失礼しました。中から反応がなかったものですから。もしかしてお邪魔しましたか?」

ちらりと意味ありげな視線を向けられた真央が、一気に真っ赤になっていく。

「遠山。お前、わかっててやってるだろ」

うなだれながら睨むと、遠山は楽しげに肩を揺らして笑った。

俺よりも十歳年上の遠山は、若い頃は父の秘書をしていた。

いつも父の後ろに控え、仕事もプライベートの予定も把握しサポートしていた彼は、俺が中学生の頃から知っている。

二十年近くになる、とても長い付き合いだ。

小さな頃からグループの後継者になることを決められ、人生に投げやりで人を食ったような態度をとっていた生意気な子どもだった自分。

そんな俺が父の会社に入り、遠山のサポートのもと、いろんなことを勉強して仕事の厳しさや経営の難しさ、そしてやりがいを見つけていった。

遠山は少しずつ成長していく俺を、陰から支え続けてくれた頼もしいパートナーだ。

上司と部下ではあるけれど、年の離れた頼りがいのある兄貴にも似た存在でもある。

そんな遠山は、真央に恋をしてから振り回されたり、空回りをする俺を見るのが楽しくて仕方ないらしい。

不満を込めて睨むと、遠山は背筋を伸ばして微笑んだ。

「今日一日くらい辛抱してください。明日の予定はちゃんと空けてありますから」

「わかってる。仕事がはじまれば不満なんて見せないから安心しろ」

そう答える俺を見て、満足そうにうなずく。

そして遠山は俺の後ろにいる真央に視線を向けた。

「では夏目様。副社長をお借りしますね」

「はい。よろしくお願いします」

ぺこりと頭を下げた真央へ手を伸ばす。

腰に腕を回し引き寄せると、一瞬触れるだけのキスをした。

「じゃあ、行ってくる」

目を丸くした真央の顔を覗き込みながらそう言って微笑む。

すると、真央の顔がじわじわと紅潮していくのがわかった。

腰に回した腕をほどき、踵を返す。

ぱたんと背後で扉が閉まった後、中から小さな悲鳴が聞こえてきた。

「と、遠山さんが見てる前で……っ‼」

きっと扉の向こうで顔を覆って恥ずかしがっているんだろう。

恋愛下手で、未だにキスすら照れて真っ赤になる真央が可愛くてたまらない。

くすくす笑いながら歩いていると、隣にいる遠山にからかうような視線を向けられた。

「本当に、見ていてくすぐったくなるくらいラブラブですね」

「だったら無理に見なくていい」

「そうしたいのはやまやまなんですけどね」

言いながら、着ているスーツの内ポケットから白いハンカチを取り出しこちらに差し出す。

なんだ？　と視線で問うと口元を指差された。

意味を理解してハンカチを受け取り、軽く唇をぬぐう。

見下ろすとハンカチにうっすらと、ピンクの口紅の跡が残っていた。

真央の柔らかい唇の感触がよみがえって、思わず口元が緩んでしまう。

「洗って返す」

ハンカチを内ポケットにしまいながらそう言うと、遠山はあきれたように「差し上げます」と肩を上げた。

地元有力者たちの御用達《ごようたし》という高級クラブで行われた会合は、とても和やかに進んだ。

ビジネスの交渉というよりも人脈を繋げるための場として、議員や商工会議所の役員といった地元の有力者や、部屋をとっている外資系のホテルの支配人も同席し、それぞれに挨拶を交わす。

ホステスの女性も数人いるが、決して出しゃばらずもてなすことに専念してくれていた。

すでに観光地として発展しているこの島は、住民たちも新たなリゾート施設ができることに寛容なようで、協力的な意見が多かった。

候補地周辺の情報や気候、地元の建設業の事情など、仕事に直接関係のある話題が上ったのは最初のわずかの間だけで、すぐにプライベートな雑談に切り替わる。

陽気で社交的な島民性と、酒が進んでいるせいもあり、みんな笑顔で楽しげだった。

「いやぁ、副社長は男前な上に酒も強いなぁ」

勧められた酒は断らずに飲んでいると、酒豪《しゅごう》だという大城《おおしろ》議員に背中を叩かれた。

南の男らしく、日に焼けた肌に彫りの深い顔立ち。

六十代だというが、がっしりとした体つきもあって、年齢よりも若々しく見える。

「普段から相当飲んでるのかい？」

「いえ。体質ですね。僕の家系は代々酒に強いらしいので」

そう言うと、大声で「気に入った」と笑われた。

「どうだ、うちの娘と結婚しないか？」

酒の席ではありがちな会話を、微笑みながら受け流す。

「ありがたいですが、婚約者がいるので」

残念がられるかと思えば、大城議員は逆に笑顔になる。

「そうか、婚約者がいるのか。それはいい。今度は仕事じゃなくて、その婚約者を連れてこの島に遊びに来なさい」

めでたい話や幸せな話が大好きなんだろう。にこにこしながらそう言う。

「今回も一緒に来ているんですよ」

「え？　島に一緒に来てるのか？」

「はい」

うなずくと、議員は目を丸くして動きを止める。

「あぁ、そういえばもともとはプライベートでの旅行だったとおっしゃってましたよね」

その場にいた外資系ホテルの支配人が、はじめに予約を入れたときのことを思い出したのか、ぽんと手を打った。

それを聞いた大城議員の顔がみるみる険しくなっていく。

「その子はこっちに知り合いでも？」

「いえ、いないはずですが……」

「じゃあ、もしかして嫁さんは、プライベートの旅行だったはずなのに、旦那がクラブで飲んでいる間、ホテルの部屋でひとり寂しく帰りを待ってるのか？」

まだ嫁さんではないけれどと、そう思いながらうなずく。

すると議員は「ひぃ」と怯えたように自分の体を抱き締めた。

「旅行に来て嫁さんを一晩放っておくなんて、なんて恐ろしいことを！」

「いえ、彼女も仕事を兼ねていることはわかってくれているので……」

「あんたはまだわかってない！　理解した振りをしておきながら、腹に怒りをため込むのが女の恐ろしいところなんだよ！　何年も経った後に突然噴火して、昔のことを蒸し返してぶちギレられるに違いない！」

一体どんな壮絶な夫婦喧嘩を経験したら、こんなに怯えるんだろう。

不思議に思っていると、青ざめる議員に周りにいる人から「大城先生は恐妻家《きょうさいか》だからなぁ」なんてやじが飛ぶ。

「まぁ、女性は現実的ですから、結婚すると家庭を守るために強くなるとはよく聞きますよね」

聞いていた遠山が冷静な口調でそう言う。

「夫婦は女が強い方が平和だって言うしねぇ」

「そうそう。黙って尻に敷かれているくらいがちょうどいいさ」

うなずき合いながら交わされる会話に、大城議員が眉をひそめた。

「君たちは女の怖さをわかってない！」

困惑している俺に向かって、議員が指を差す。

「ほら、なにをぼやぼやしてるんだ。嫁さんに電話をしてみなさい。きっと今頃やけ酒を飲んでくだ巻いてるに違いないから、ちゃんとフォローしてあげないと！」

やけ酒を飲む真央の姿は想像できないけれど。なんて思いながらも、内ポケットからスマホを取り出す。

真央の番号を選んで電話をかけたけれど、呼び出し音が繰り返されるだけでいつまで経っても繋がらなかった。

「出ない……」

耳から離したスマホを見下ろす。

今日は星を見ると言っていた真央は、まだ起きているはずだ。

お目当ての南十字星が一番よく見えるのは日付が変わる頃だったはずだから、寝ているわけがない。

「電話に出ないのは怒っている証拠だな。愛想をつかされる前に部屋に帰って謝った方がいい。結婚前に対応を間違えると、この先一生尻に敷かれることになるぞ」

「先生は尻に敷かれてるんですか？」

深刻な表情を浮かべる大城議員にそう問うと、深くうなずかれた。

「あぁ。うちの嫁さんはめちゃくちゃ怖いから、私はいつも叱られているんだ」

まるで恐妻家である自分を誇るように胸を張られ、ぽかんと目を瞬かせる。

嫁が怖いと言いつつ、まるでのろけているようだ。

「それに、家族を大事にできない経営者は、信用できないしね」

迷っている俺の背中を押すように付け足された。

「……ということなので、副社長はもう戻られていいですよ。下にタクシーを呼びましたので」

お酒の場でもまったく顔色の変わらない遠山が冷静にそう言う。

議員の言うことを鵜呑《うの》みにしたわけじゃないけれど、真央を放っておくことへの罪悪感が強くなって、立ち上がる。

「明日は完全オフですので、ごゆっくり」

そんな遠山の言葉を聞きながら、その場にいる人たちに挨拶と場を抜けることの謝罪をしてから店を出た。

真央が待っているはずのスイートルームへ戻ると、明かりは消え、部屋はしんと静まり返っていた。

「真央？」

名前を呼びながら部屋を見回す。

彼女の気配がどこにもないことに眉をひそめた。

まさか大城議員の言うように、俺に愛想をつかして……？

なんて考えが胸をよぎってひやりとする。

リビングルームのテーブルの上には真央のスマホや星座の本が置かれたままだった。

ホテル内のバーにでも行ったのか？

そう思ってから首を横に振る。

真央がひとりで酒を飲みにいくなんて考えにくいし、星を見ると言っていたからこのバルコニーにいるはずなのに。

「真央」

広いバルコニーへ出て名前を呼んだけれど、やはり返事はない。

どこに行ったんだ。

見当がつかなくて途方に暮れる。

ため息をつきながら手すりにもたれると、ホテルの目の前に広がるビーチが見下ろせた。

暗闇の中、寄せては返す波がぼんやりと見える。その中に人影を見つけて、慌てて身を乗り出した。

波打ち際にいる、白いワンピースを着た女性。

……真央だ。

そう確信して、目を見開く。

真央はなぜか海に向かって進んでいた。

こんな時間に海に入っていくなんて……！　俺は慌てて部屋を飛び出した。


「真央、真央！」

大声で叫ぶと、膝まで海に浸かっていた真央が、髪を押さえながらこちらを振り返る。

海の中へ足を踏み込むと、革靴にじわりと海水が染み込んでくるのがわかった。

かまわずもう一歩、もう一歩と、打ち寄せる波を蹴散《けち》らしながら海の中にいる真央のもとへと足を進める。

「清瀬さん?」

血相を変えて走ってきた俺を見て、真央が驚いたように目を見開いた。

「なにやってるんだ」

怒鳴るように言って、真央の体を抱き締める。

「なにって……。星を見ながら散歩をしていたら、羽織っていたストールが風に飛ばされちゃって」

きょとんとしながら手にしたストールを見せる真央に、たまらず抱き締める腕に力を込めた。

「そんなことで、誰もいない夜の海にひとりで入るなんて……!」

「そんな大げさです。足が海に浸かったくらいですよ」

「真央はすぐ転ぶんだから、万が一海の中で転倒して溺れたらどうするんだ」

「いくらなんでも、そんなに頻繁に転びません」

俺の心配が過剰《かじょう》すぎるというように、真央は口を尖らせる。

そのとき、膝下まで海に入っていた俺たちに向かって、高い波が押し寄せてきた。

「きゃ！」

バランスを崩しかけたところに、強い引き波が足をすくう。

転びそうになった真央をかばおうとして、ふたりで抱き合ったまま海の中にしりもちをついてしまった。

「……やっぱり転んだじゃないか」

腰から下を海に浸かりながら腕の中にいる真央を見れば、眉を下げ「ごめんなさい……」と肩をすぼめる。

謝りつつも悔しそうな、子どもみたいな表情に思わず吹き出した。

「本当に、あんまり心配させないでくれ」

波打ち際で座り込んだまま真央の髪をなでると、小さくうなずく。

そして、俺の肩に額を押しつけながら、「清瀬さん、今日は朝まで帰らないんじゃなかったんですか？」と聞いてきた。

「真央に愛想をつかされないように、帰ってきた」

つむじに短いキスを落とすと、くすぐったそうにくすくす笑う。

「お仕事だってちゃんとわかってるから、愛想なんてつかさないのに」

「本当に？」

甘い声で問うと、うんと小さな頭を縦に振って顔を上げる。

視線を合わせて微笑みかけられ、肩から力が抜けた。

白い頬に手を伸ばしかすかに顔を傾けると、真央がそっと目を閉じた。

ゆっくりと唇を合わせる。

その足元で波が絶え間なく押し寄せては引いていく。

波の音しか聞こえない静かな夜。まるで地上にふたりきりになったような気がする。

唇を離すと、真央が小さく笑った。

「なんだか、プールに落ちて助けてもらったことを思い出しますね」

そう言われ、懐かしさに目を細める。

「たしかに。あのときもこんなふうにずぶ濡れになりながら空を見上げたな」

波しぶきで濡れた髪をかき上げながら見上げると、東京で見るものとはまるで別世界のような、美しい星空だった。

手を伸ばせば届きそうなほど鮮明に光る星に思わずため息をこぼす。

「南十字星は見えたか？」

俺の言葉に、真央が嬉しそうに笑みを浮かべた。

「はい、しっかり見えました。あの少し黒っぽい星雲のすぐ側にある十字の星なんですけど……」

そう言いながら、腕を伸ばして夜空に十字架の形をなぞる。

「思ったより、地味だな」

素直な感想を漏らした俺に、真央は小さく肩を揺らして笑いながらうなずいた。

「そうですね。八十八ある星座の中で、一番小さな星座なんです。でも、『銀河鉄道《ぎんがてつどう》の夜』の終着駅としても有名ですし、日本からはなかなか見られないというのもロマンティックで、人気がある星座なんですよ」

「ふぅん」

星空を見上げながらうなずくと、真央が「だけど……」と小さく続ける。

なんだろうと視線を夜空から真央へ向けると、少し照れくさそうに笑う。

「だけど、やっぱり私は昴が一番好きです」

その可愛らしさに、胸の奥がくすぐったくなった。

体の奥深いところから、温かいものが湧き上がってくるような感覚。

気持ちが高揚しているのに、ひどく穏やかで心地良くて、それなのに少し泣きたくなる。小さな後頭部に手を回し引き寄せると、真央はまばたきをした後ふわりと微笑んだ。

抱き締めてキスをして、とことん甘やかしてやりたい。

そう思ったとき、真央が肩を揺らして「くしゅん」と小さなくしゃみをした。

目を丸くした俺に、恥ずかしそうに手で口元を覆う。

「すみません、ちょっと寒くなってきて……」

そう言われ、真央を見下ろすと羽織っていたストールは海に浸り、今は肩があらわになった白いワンピースを着ているだけだ。

しかもふたりとも波打ち際で座り、腰から下はすっかりずぶ濡れ。

いくら南の島とはいえ、四月の夜にこれじゃ体が冷えて当たり前だ。

思わず笑いながら、真央の手を取り立ち上がる。

「このままじゃ風邪を引くな。部屋に戻って一緒に温まろう」

「え、一緒にって」

「バスルームでゆっくり温めてやるよ」

そう言うと、真央の顔がみるみる赤くなっていくのがわかった。


ふたりでバスルームに入り体を温め、体についた海水や砂を洗い流してから、ベッドルームへ移動する。

バスローブ姿の真央は、もう疲れきってしまったのかベッドの上でくたりとしていた。

そんな彼女を横目に見ながら、ミネラルウォーターをひと口飲む。飲み込んでからもうひと口含み、寝ころぶ真央に覆いかぶさった。

唇を合わせ、口移しで水を飲ませる。

素直にこくりと飲み干した真央が、「清瀬さん、今日ちょっと意地悪ですね」と拗《す》ねたようにつぶやいた。

「そうか？」

真央の濡れた唇を指でなぞりながらそう問うと、頬を赤らめ小さく睨む。

「だって、バスルームで……」

体を洗ってやると言って、すみずみまで念入りに俺に触れられたことを責めているんだろう。

「いやだった？」

「い、いやではないですけど。その、声が響くから、バスルームは恥ずかしいです」

俺にあちこち洗われて、必死に声をこらえる様子が可愛くて、たしかに少し意地悪をしすぎたかもしれない。

「悪かった」

素直に謝ると、真央が頬を膨らませたままうなずく。

その表情が可愛くて、唇に触れるだけのキスを落としてからバスローブに手を掛ける。

「きゃ、清瀬さん……！」

慌てて前をかき合わせようとする真央の手を、ベッドの上に縫い留めた。

「ベッドの上では優しくするから」

だから、いい？　と甘えた視線を向けると、真央の頬がじわじわと熱を持っていく。

見つめ続けると、根負けしたように真央が眉を下げた。

「ちゃんと、たくさん優しくしてくださいね」

困り顔でそんな可愛いことを言う真央に、微笑みながらうなずいた。

「わかった。とことん甘やかして優しくする」

笑い合いながら、鼻先をこすり合わせるように短いキスを繰り返す。

白いシーツの上に投げ出された細い腕が、とても無防備で綺麗に見える。

バスローブを開き、真央の脇腹にある傷跡に口づけると、真央が「あ……っ」と甘くかすれた声を漏らした。

キスの雨を降らせるように真央の体に口づけを繰り返すと、緊張で強張っていた体から力が緩く解けていく。

ベッドの上で身を任せてくれる真央を、大切にしたいと思う。

でも、それと同時に、力ずくで閉じ込めて一生自分だけのものにしたいとも思う。

相反する思いに困惑してわずかに眉を寄せると、真央がこちらを見上げて子どものように微笑んだ。

その邪気のない笑顔に、心の奥がぎゅっと締めつけられる。

「真央」

名前を呼んで、唇を合わせる。

真央の白く柔らかい肌と、浅黒く筋肉質な俺の体。異質なもの同士が合わさり、お互いの体温が溶けていく。

「清瀬さん……」

華奢な体を組み敷くと、上ずった声で名前を呼ばれ、愛おしさが込み上げた。


翌日、目覚めたのは朝というよりも、もう昼に近い時間だった。

「少し寝すぎましたね」

なんてはにかむ真央にキスをして、身支度をして部屋を出る。

なにか軽く食べようと、ふたりでホテルのロビーを歩いていると、「副社長」と背後から声をかけられた。

振り返れば、大城議員がこちらに向かって歩いてくるところだった。

「あぁ大城先生。昨日はありがとうございました」

そう言って会釈をすると、彼の隣に綺麗な女性がいることに気づく。

六十代の議員よりも、十歳は若く見える柔らかな笑顔を浮かべる女性。

俺の視線に気づいたのか、議員は彼女の腰を抱きながら話しかけてきた。

「うちの嫁さんと、たまには夫婦水入らずでホテルでランチでも食べようと思ってね」

「そうでしたか」

彼女が噂の彼の奥さんか。

恐妻家と言われているのが信じられないくらい、穏やかな女性に見えるのに。

なんて思いながら真央のことを紹介する。

「私の婚約者です」

「はじめまして。夏目真央と申します」

「これはこれは、はじめまして。大城といいます。いやぁ、可愛らしいお嬢さんだね」

ぺこりと頭を下げた真央を見て、鼻の下を伸ばす大城議員。

その隣にいた奥さんがちらりと冷たい視線を投げ、ヒールを履いた足で議員の靴を踏みつけた。

「……っぅ！」

言葉をつまらせ悶絶《もんぜつ》する彼を横目に、奥さんはふわりと微笑んだ。

「ほらあなた。若いふたりの邪魔をしては失礼ですから、そろそろ行きましょう」

そう促され、議員が苦笑しながらうなずく。

尻に敷かれているというよりも、奥さんはとても嫉妬深いようだ。

こんな些細なことで妬くなんて、それだけ愛されているということだろう。

昨日、尻に敷かれていると言った大城議員がどこか自慢げに見えたのは、こういうことかと納得する。

「そうだ。昨日これを忘れていったよ」

思い出したように大城議員が白いハンカチを差し出した。

「あぁ。ありがとうございます」

遠山から借りていたハンカチだ。

内ポケットに入れていたつもりだったけど、なにかの拍子に落としてしまったんだろう。

うなずきながら受け取ってお礼を言うと、ふたりは会釈をして歩いていった。

とても仲良さそうなふたりを見送っていると、真央がなぜか眉をひそめ険しい表情を浮かべている。

「どうした？」

不思議に思って尋ねると、彼女の視線は俺の手元に向かっていた。

返してもらったハンカチをじっと見つめているようだ。

「これ、なにかついてますけど……」

見てみれば、白いハンカチの上にピンク色の口紅がうっすらと残っていた。

「あぁ、口紅だ」

「どうしてハンカチに口紅がついているんですか？」

「昨日、唇についていたのをぬぐったから――」

そう言うと、真央の表情がどんどん険しくなっていく。

「昨日の会合に、女性もいたんですね」

冷たい視線でそう問われ、なんでそんなに不機嫌なんだと首を傾げながら答える。

「あぁ、クラブでの会合だったから、ホステスが何人か」

「唇に口紅が移るようなことを、したんですね」

「は？」

意味がわからず聞き返すと、真央はふんと息を吐き出し俺に背を向ける。

エレベーターホールへと向かう彼女を見ながら首を傾げた。

なんで怒っているんだ？

そう思いながら、口紅の残るハンカチを見下ろす。

そしてようやく気づく。真央がとんでもない勘違いをしていることに。

俺が真央以外の女とキスをするわけがないのに。

ぷんぷんと音が聞こえてきそうなくらいご立腹《りっぷく》の真央を、笑いをこらえながら追いかける。

「真央、待って」

「待ちません」

「すごい勘違いしてるぞ」

「勘違いって、なんですか」

「たしかにキスをしたから、口紅がついたけど」

「やっぱり！　清瀬さんなんて、知らない」

聞く耳を持たず顔を背ける真央に、笑いがこらえきれずに思わず小さく吹き出してしまった。

その笑い声に、真央がむっとしながらこちらを振り返る。

「なんで笑ってるんですか！」

「いや、やきもちを妬く真央も可愛いなぁと思って」

「可愛いって……！　私は怒ってるんですよ⁉」

そう言った目の前で、エレベーターの扉が開く。

真央の腰を抱いて中に入ると最上階のボタンを押し、扉を閉めて密室にした。

上昇する狭い箱の中、壁に体を押しつけキスをする。

「や、清瀬さん……っ」

腕の中でもがく真央を抱き締めながら、「言っておくが、真央の口紅だぞ」とささやく。

「え……？」

「昨日、出掛けにキスをしたから、唇に真央の口紅が残っていて、遠山に指摘されて拭いただけだ」

そう言うと、強張った真央の肩から力が抜けていった。

「本当に……？」

安堵の表情を浮かべた真央が、涙声でそう聞いてきた。

「俺が真央以外の女にキスをするわけないだろ」

「もうー……っ！」

気が抜けたようにへたり込みそうになった真央の体を、慌てて抱き寄せて支える。

「俺はそんなに信用ないか？」

低い声で問うと、困ったように首を横に振った。

「そういうわけじゃないですけど、清瀬さんはかっこいいしきっとすごくモテるから、女の人に言い寄られることも多いんだろうなって……」

「どんなに言い寄られたって、俺は真央以外の女に興味はない」

そんな会話をしていると、最上階に到着したエレベーターが開く。

ふたりで開いたドアを前に顔を見合わせた。

「食事をしようと思ったのに、部屋に戻ってきちゃいましたね」

照れくさそうに言った真央の手を引いて、エレベーターを出ながら笑う。

「食べに行くのはやめて、ルームサービスを頼んで、今日は一日部屋で過ごすか」

「部屋で過ごすって、なにをするんですか？」

不思議そうに首を傾げた真央の耳元に、唇を寄せてささやく。

「ハンカチに口紅がついていたくらいで浮気を疑ったりしないように、真央がどれだけ俺に愛されているか、ベッドの上でじっくり教えてやるよ」

部屋の扉を開きながら真央のつむじにキスをすると、真央の足がぴたりと止まった。

「ベッドの上って……」

一体なにをされるのか、想像したんだろう。

真央の頬がじわじわと赤く染まり、動揺で目が潤んでいく。

入口で立ち止まったままでいる真央の顔を覗き込み、「教えてほしくない？」と意地悪な笑みを浮かべて問うと、困った表情で視線を泳がせた。

「教えてほしくないわけじゃ、ないですけど……」

消えそうなほど小さな声でつぶやいてから、真央がこちらに手を伸ばした。

俺の服の裾をきゅっとつかみ、「あ、あんまり、意地悪なことはしないでくださいね？」と上目遣いで懇願する。

そんな可愛い顔でお願いされたら、男はとことんいじめてやりたくなるってことも、ちゃんと教え込まなきゃな、なんて思いながらスイートルームの扉を閉めた。

END

あとがき

もう二年以上前、たまたま立ち寄った小さな科学館でプラネタリウムを見ました。年代物の投影機に、少しくすんだクリーム色の球状の天井。背もたれを倒すとギシギシと軋んだ音が鳴り、ところどころの座席には『リクライニングが壊れていてこの席は使えません』と注意書きの紙が貼られていました。

休日なのにほぼ貸し切りのそのプラネタリウムで、上映がはじまるまでの時間『たくさんの人にこのプラネタリウムに来てもらうとしたら、自分なら一体どうするだろう』なんてとりとめのないことをぼんやりと考えていました。

それからプラネタリウムに興味を持ち、いろいろな場所で投影を見てお話を聞いたり、コンソールの写真を撮らせてもらったり、気になる本を手あたり次第読んでいくうちに、星や宇宙の面白さにどんどん魅了されプラネタリウムを舞台にしたお話を書きたいと思うようになったのが、この物語ができたきっかけです。

今回、やっと書き上げることができた清瀬と真央の物語を、ベリーズ文庫で書籍にしていただけて本当に嬉しく思っています。

ちなみに先日、前述した少しさみしいプラネタリウムに行ってみると、座席が全て新しいものに交換され、パンフレットや展示物も少し変わり、お客さんが増えていました。

もし二年前、この綺麗な座席でプラネタリウムを見ていたら、私は坂の上天球館のお話を思いつかなかったかもしれません。今はもうない古い座席に感謝しながら、またドームに映し出される星空を見に行きたいと思っています。

今回も大変お世話になりました担当の中尾さん。思わず時間を忘れて見惚れてしまうほど素敵なカバーイラストを描いてくださったワカツキ先生。スターツ出版の皆様をはじめ、このお話が一冊の本として読者様の手に届くまでの長い道のりに携わってくださった全ての方に、心から感謝しています。

そして、たくさんの本の中から本作を手に取ってくださり、ありがとうございました。またいつか違うお話でお会いできるように、これからも楽しんで小説を書いていきたいと思います。

きたみ まゆ

きたみ まゆ先生への
ファンレターのあて先

〒104-0031
東京都中央区京橋1-3-1
八重洲口大栄ビル7F
スターツ出版株式会社　書籍編集部　気付

きたみ　まゆ先生

本書へのご意見をお聞かせください

お買い上げいただき、ありがとうございます。
今後の編集の参考にさせていただきますので、
アンケートにお答えいただければ幸いです。

下記URLまたはQRコードから
アンケートページへお入りください。
http://www.berrys-cafe.jp/static/etc/bb

ホテル御曹司が甘くてイジワルです

2018年8月10日　初版第1刷発行

著　　者　きたみ まゆ

発 行 人　松島 滋
デザイン　hive & co.,ltd.
D T P　久保田祐子
校　　正　株式会社 文字工房燦光
編集協力　中澤夕美恵
編　　集　中尾友子
発 行 所　スターツ出版株式会社
〒104-0031
東京都中央区京橋1-3-1　八重洲口大栄ビル7F
TEL　販売部　03-6202-0386（ご注文等に関するお問い合わせ）
URL　http://starts-pub.jp/
印 刷 所　大日本印刷株式会社

Printed in Japan

乱丁・落丁などの不良品はお取替えいたします。
上記販売部までお問い合わせください。
定価はカバーに記載されています。

ISBN 978-4-8137-0506-2　C0193

『愛され新婚ライフ～クールな彼は極あま旦那様～』

砂川雨路《すながわあめみち》・著

恋愛経験ゼロの雫は、エリート研究員の高晴とお見合いで契約結婚することに。新妻ライフが始まり、旦那様として完璧で優しい高晴に、雫は徐々に惹かれていく。ある日、他の男に言い寄られていたところを、普段は穏やかな高晴に、独占欲露わに力強く抱き寄せられて…!?

ISBN978-4-8137-0507-9／定価：本体640円＋税

ベリーズ文庫
2018年8月発売

書店店頭にご希望の本がない場合は、
書店にてご注文いただけます。

『ふつつかな嫁ですが、富豪社長に溺愛されています』

藍里《あいさと》まめ・著

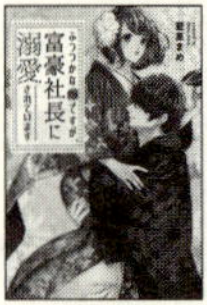

OL・夕羽は、鬼社長と恐れられる三門からいきなり同居を迫られる。実は三門にとって夕羽は、初恋の相手で、その思いは今も変わらず続いていたのだ。夕羽の前では甘い素顔を見せ、家でも会社でも溺愛してくる三門。最初は戸惑うも、次第に彼に惹かれていき…!?

ISBN978-4-8137-0508-6／定価：本体630円＋税

『だったら俺にすれば？～オレ様御曹司と契約結婚～』

あさぎ千夜春《ちよはる》・著

恋愛未経験の玲奈は、親が勧める見合いを回避するため、苦手な合コンへ。すると勤務先のイケメン御曹司・瑞樹の修羅場を目撃してしまう。玲奈が恋人探し中だと知ると瑞樹は「だったら俺にすれば？」と突然キス！しかも、"1年限定の契約結婚"を提案してきて…!?

ISBN978-4-8137-0504-8／定価：本体640円＋税

『王太子様は、王宮薬師を独占中～この溺愛、媚薬のせいではありません！～』

坂野真夢《さかのまむ》・著

王都にある薬屋の看板娘・エマは、代々一族から受け継がれる魔力を持つ。薬にほんの少し魔法をかけると、その効果は抜群。すると、王宮からお呼びがかかり、城の一室で出張薬屋を開くことに！　そこへ騎士団員に変装したイケメン王太子がやってきてエマを気に入り…!?

ISBN978-4-8137-0509-3／定価：本体640円＋税

『クールな社長の耽溺ジェラシー』

春奈真実《はるなまみ》・著

恋愛に奥手な建設会社OLの小夏は、取引先のクールな社長・新野から突然「俺がお前の彼氏になろうか？」と誘われる。髪や肩に触れ、甘い言葉をかける新野。しかしある日「好きだ。小夏の一番になりたい」とまっすぐ告白され、小夏のドキドキは止まらなくて!?

ISBN978-4-8137-0505-5／定価：本体640円＋税

『男装したら数日でバレて、国王陛下に溺愛されています』

若菜《わかな》モモ・著

密かに男装し、若き国王クロードの侍従になった村娘ミシェル。バレないよう距離を置いて仕事に徹するつもりが、彼はなぜか毎朝彼女をベッドに引き込んだり、特別に食事を振る舞ったり、政務の合間に抱きしめたりと、過剰な寵愛ぶりでミシェルを翻弄して…!?

ISBN978-4-8137-0510-9／定価：本体650円＋税

『ホテル御曹司が甘くてイジワルです』

きたみ まゆ・著

小さなプラネタリウムで働く真央の元にある日、長身でスマートな男性・清瀬が訪れる。彼は高級ホテルグループの御曹司。真央は高級車でドライブデートに誘われたり、ホテルの執務室に呼ばれたり、大人の色気で迫られる。さらに夜のホテルで大胆な告白をされ!?

ISBN978-4-8137-0506-2／定価：本体650円＋税